ホール

ピョン・ヘヨン
カン・バンファ訳

ホール

The WORK is published under the support of Literature Translation Institute of Korea (LTI Korea).

装画　小林小百合
装幀　宮島亜紀

1

オギはゆっくりと目を開く。まぶしい。ほの白さの中に閃光が走る。目を閉じて、もう一度開く。なかなか思うようにいかない。ほっとした。生きているようだ。まぶしかったり目が開けにくいという物理的な負担感がその証拠だ。

天井の石膏ボードとずらりと並んだ蛍光灯が見える。どの蛍光灯にも明かりが灯っている。病院のようだ。これほどの光量を必要とする場所は病院しかない。

頭を動かそうとしてみるが、うまくいかない。幸い目玉は動かせた。

「オギさん」

誰かの声。女だ。はじめはよく見えなかったが、しだいに白い上衣が視界に入ってきた。看護師らしき女がオギの方へ近づいてくる。におい。良いにおいではない。すっぱいにおいだ。食事を終えたばかりらしい。とすると、今は何時だろう。

オギは何か言いたかった。ここはどこかと問う必要はなかった。質問の答えはすでにわかっている。ここが病院でなければどこだというのか。臨死状態でないことは明らかだ。女から漂ってくるにおいを感じたのだから。

「気がつかれましたか」

オギの顔を近くで確かめた看護師が、ベッドの壁側にあるナースコールを押した。

「少しお待ちください。先生がいらっしゃいますから。ここがどこかわかりますか？」

看護師が時計を確かめてカルテに記録する。

オギはからからに乾いた口をなんとか開いた。わずかに息が漏れるばかりで、声は出ない。

「病院ですよ。長らく眠ってらっしゃいました」

看護師が大きな声で言い、「先に血圧を測りますね。先生が来られたら検査をしなきゃなりませんから」と付け加えた。

看護師がオギの腕に血圧計を巻きつける。オギは看護師に持ち上げられた自分の腕をぼんやりと見つめた。腕に分厚いグレーのカフが巻かれている。妙だ。空気が収縮したり弛緩する感覚がない。看護師がカフを外し、オギの腕をベッドに置くときも同様だった。

カルテに何か書き記した看護師が、これで終わり、というようにオギににこりと笑いかけた。

（妻は？）

オギが訊く。声は一向に出ない。あごと声帯が、発声のために動いている感じがしない。オギは気まずそうに口の中で舌を転がし、おそるおそるつばを飲み込んだ。

看護師が、戻ってくると言い残して病室を出て行った。オギはなんとかあごを動かそうとしてみる。ぴくりともしない。力を入れると、乾いた唇がほんのわずか開いた。今度は「あ」と言ってみる。開いた口の隙間から、肺の奥に溜まっていた空気がかすかに抜け出ていく音がする。それがすべてだった。どんな声でもいいから出そうとするのだが、耳に聞こえてくるのは声ではなかった。オギの体につながれているらしい医療機器が発する規則的な機械音、廊下の向うから聞こえてくる礼儀正しく控えめな騒音、底の柔らかい看護師のシューズが静かながらも颯爽と床の上をすべる音といったもの。

しばらくすると、看護師が医師と並んで入ってきた。初めて見る顔だ。医師はオギと旧知の間柄といった様子で、満面の笑みを浮かべて大げさに腕を広げた。

「オギさん、よかったですね。まったく、どれくらいぶりでしょう」

医師が訊いた。オギの方こそ知りたかった。一体どれくらいぶりなのか。どれくらいぶりの帰還なのか。

「ここがどこだかわかりますか」

オギが医師を見つめる。

「病院です。わかりますね？」

オギは頷こうとした。無駄な試みだった。

「さあ、イエスなら一度だけ瞬きしてください」

オギは言われるとおりにした。一度だけ目を閉じ、開いた。

「ええ、そうです。よくできましたね」

医師が力のこもった声で言う。拳を握って話しているかのように。瞬きをしただけでそんなふうに褒められるのは初めてだ。

（妻は？）

オギはもう一度尋ねようとした。医師がオギの右まぶたと左まぶたを順に持ち上げる。それが終わると、体のあちこちを押したり撫でたりしているようだった。オギにはどんな感覚も伝わってこない。医師はオギと枕元に置かれた各種医療機器の数値を見比べ、カルテに記し、看護師に小声で何か指示した。

「オギさん、ご立派ですよ。ひと山越えましたから、もうひとふんばりしてみましょう。いいですね？　本当の闘いはここからですよ。今後はオギさんの意志が大切になってきます。医学でなく意志が必要なんです。オギさんのために私がやるべきことも山積みだ。ベストを尽くしますよ。でも、オギさんほどではありません。わかりますか？　医者の私より、オギさんに頑張ってもらわなきゃならないんです。まずはいくつか検査をするために、別の部屋へ移ります。大丈夫ですね？　わかったら一度瞬きしてください」

オギは今度も言われたとおりにした。

「ええ、大変よくできましたね。ではまた後ほど」

医師は度の過ぎた褒めことばを残して、看護師とともに部屋を出て行った。

医師はオギが意識を取り戻したことを、立派だと言った。立派なこと。オギはそのことばを反芻してみた。果たして自分が目覚めたことが立派なことに当たるのだろうかとじっと考えた。医師が次に言ったことば、本当の闘いはここからで、今後は意志が大切だということばのためだ。「医学でなく意志」ということばもそうだ。そこから多くのことが読み取れた。

しばらくして、看護師が入ってきた。看護師は、オギと壁際の機器をつなぐ何本ものケーブルを抜いた。ベッドの状態を確かめると、そのままゆっくりと廊下へ押していった。

オギはベッドに横たわって、次々に通りすぎていく天井の蛍光灯を見つめた。おそらく自分はもうしばらく病床から出られないだろう。現状を言っているのではない。これからのことを言っているのだ。意志が大切だということばは、意志を発揮しない以上回復は難しいという意味だろう。自然に治癒する可能性は皆無であり、継続的な治療によっても回復の見込みは約束しがたいという意味だ。医師と看護師の反応からすると、オギが目覚めるまでにずいぶんかかったらしい。オギはおそらくさまざまな医学的サポートを受けたはずだ。体にくっついているケーブルや人工呼吸器、何種類もの注射液などが、この間のオギの死闘がはかばかしくなかったことを物語っている。

がたつきながら廊下をすべっていたベッドが止まった。エレベーターの前だ。患者用のはずだが、オギと看護師が乗ったあとの余ったスペースには、元気な人たちも乗り込んだ。人々が乗ってくるたびに、看護師はオギのベッドを少しずつ脇に寄せる。立っている人々が、横たわるオギをちらちらのぞき見る。

オギは人々と一緒に患者用エレベーターに乗って初めて、現実に戻ってきたことを実感した。あふれる光量と、親切にオギの様子をうかがう看護師、両目をしばたたくオギを大変よくできたと励ます医師のいる病室ではなく、騒がしく、煩わしく、列に並び、のぞき見る世界へ戻ってきたのだ。医師のことばどおり、意志を発揮しなければ生き残れない世界に。

検査の間、オギは何をするでもなかった。ＭＲＩに自ら横たわる必要も、採血のために腕を差し出す必要も、体についた医療機器を自分ではがす必要もない。どんな感覚も感じられないまま、オギはベッドから別の場所へ移され、医療機器をつけられるか外されるかし、医師の指示にしたがって瞬きをしたが、大方は目をつぶっていた。そうして検査が終わる頃には、いつの間にか眠りに落ちていた。

　視界が暗くなってきたかと思うと、オギと妻の乗った車が高く分厚い壁にぶつかる場面がくり返された。それはオギの想像に違いない。ぐしゃぐしゃに潰れた車の中にいるオギの姿がそっくり見えたからだ。そうとわかっていても、ひどい頭痛を感じた。硬い壁に頭をぶつけたか、誰かに尖った凶器で突き刺されているような気分だった。

　目を閉じていながらも感じられるうすぼけた光の中で、オギは自分が回復できるのか、この状態で生きねばならないとしたらどうすればいいか、それでも生きたいと思うのか考えた。医師のことばを思い返す。「意志を発揮」しなければならないということばに込められた悲観と、「もう少し」ということばに込められた楽観の狭間でどうすべきか途方に暮れた。にもかかわらず、オギは自分が、意志を発揮しろということばより「もう少し」という副詞により重きを置いていることに気づいた。それは、もう少し頑張ればよくなるという意味ではなかろうか。もう少し頑張ればあごを動かして話すことができ、自分の足で歩いて検査室に行けるようになるという意味ではないか。言うまでもなく、オギは「もう少し」の世界にとりすがった。オギはたまらなく生きたかった。

　どれほどの時間が経ったのだろう。検査を受けてからさらに数日経ったのか、ほんの数時間経っただけなのかわからない。いまだにぼんやりとした夢うつつの中で、まぶしさが目を射る。今しがた眼圧検査を受けたばかりのような、瞳孔を制する圧倒的な光。オギは自分の意志でまぶたを動かすことができるか確かめようと、ゆっくりと目を開いた。脳の一部が依然彼に従い、そのことに安堵する。

病室のドアがそっと開く音がした。誰かが用心深い足どりで中に入ってくる。オギはそれを見守った。ベッドのそばに近寄ったその人は白っぽい服を着ている。オギが見つめると、次の瞬間その体はひゅるりと縦に伸び、上へのぼってしまった。オギはびっくりして、天井にくっついているその人に目を見張った。

天井からその人が、ゆっくりとオギの方へ下りてくる。オギは目をつぶった。ぎゅっと。決して開けまいと誓った。恐怖を前にできることはそれだけだった。幻のはずがない。病室のドアが開く音をはっきりと聞いた。何より、オギの方へ顔を突きつけるその人から知っているにおいがした。

妻のにおい。

2

女というものはしばしばオギの人生においてターニングポイントとなった。

母がそうだ。母はオギが十歳のとき亡くなった。当初、オギは母の死が病気によるものだと思っていた。母はよく病に伏せ、処方された薬を食事のたびに飲んでいた。病院に見舞いに来た親戚が廊下でひそひそ話をしているのを聞いて初めて、そうではないのだと知った。母は薬物を過剰摂取し、そのために臓器に取り返しのつかない損傷を負ったのだ。

病院で横たわる母に一度だけ会ったことがある。父が面会を許さなかったのか、母が病院にいた期間が短かったためなのかはよく思い出せない。病床に伏せた母の体からのびるケーブルの束が、壁面に備えられた医療機器につながっていた。生命を維持するにはとてつもない量の援助が必要なようだった。

母がオギに、そばにくるようにと指を動かした。オギは母の手を握る気になれなかった。喉元に穴をあけ、そこから呼吸用のチューブが肺に挿し込まれている。そんな姿を見るのは初めてだった。母の手を握る代わりに、泣き出したか、恐怖で立ちすくんだことだろう。十歳といえば、自ら命を絶つということがどういうことかはっきりとはわからなくとも、おおよその見当はつく年齢だ。母がそんな無残な姿をしていることが、哀れで、怖ろしかった。

母の死により、オギは児童期と完全におさらばした。無頓着で鈍感な父はオギの変化に気づかなかったか、気づかない振りをした。オギはどんな場合にも駄々をこねることをしなかった。食べたくないとわがままを言ったり、友達の誕生日パーティーに持っていくプレゼントを買ってくれとねだることもなかった。欲しいものがあるからとスーパーで地団太を踏むことも。漫画をもっと読みたいとか夜通しゲームをしたいと言い張ることも。父は時折り、オギに声をかけようとした。オギは父に母の姿を見た。喉に穴があき、呼吸用のチューブがつながっている姿。口を閉ざすしかなかった。

学校では、オギの手には負えない事態が巻き起こった。オギの母が自殺したという噂が広まり、子どもたちはオギをこれでもかと仲間はずれにし始めた。母の死がなぜいじめの理由になるのか、当時はまったく理解できなかった。時が経って初めて、彼らは恐ろしさからそうしたのだとオギは思った。

最初のうち、子どもたちはそれとなくオギを避けた。オギは寡黙になった。悪ふざりの好きな連中とつるむことはなかったため、自分をいじめる側に手を貸すも同然の格好だった。ある日のこと、オギはあるグループの連中に順番に殴られ、身を守るために一人の了の脚に思い切りかみついた。オギの歯が折れ、相手の脚の肉がちぎれた。オギの歯は乳歯だったが、相手の脚には醜くくぼんだ傷跡が死ぬまで残るはずだった。

その後、オギをからかったりいじめたりする子はいなかった。皆、オギが母親のように「狂った」のだとささやき合った。オギは彼らに向かってにたりと笑ったかと思うと、すぐに表情を変え冷たい目でにらむといったふうに、自分は狂っているのだと証明して見せた。

オギを児童期から連れ出したのが母なら、大人の世界に引き込んだのは妻だ。

大学卒業を前に、オギは就職に備えた。アジア通貨危機より前の話で、企業の求人広告はあふれかえっていた。妻と早く結婚したかった。妻は早すぎると言った。自分にはやりたい勉強があり、オギもそうしてくれたらと。アルバイトで学費と生活費をまかなうしかないことはわかりきっていたが、オギはやむなく大学院に進んだ。オギとしては、さえない社会生活を先延ばしにする口実が必要だった。願書を一枚残らず捨てたときも、未練はなかった。さっぱりダメなら改めて就職すればいい。

妻は記者になりたがっていた。オリアーナ・ファラーチのような記者になって、著名人を相手にこれまでにない素晴らしいインタビューをするのだと言った。財布の中に写真を入れて持ち歩いていた。写真の中のオリアーナ・ファラーチは従軍記者として戦場にいたり、鄧小平やケネディにインタビューしていた。シャネルのスーツに身を包みパールのネックレスをつけるという、そんな不自由な佇まいでタイプライターの前に座り宙を見つめている写真。「ヴォーグ」や「エル」で撮影されたかのような、ひと言で言えば単に美しいだけの写真だ。一体、そんな格好で写っている写真のどこに妻の言う「記者魂」なるものが見られるのかわからないが、妻が目指すものをはっきりと明示する写真であることは確かだった。

当時のオギには、妻のそんな浅はかな虚栄さえ愛しく思えた。妻は自分のやりたいことをはっきりと自覚していたし、それが本心だと信じていたけれど、大抵はやり遂げられなかった。そのことで深い痛手を負うことなく、すぐさま立ち直った。そして速やかに次の対象を見つけ、賛嘆してやまなかった。妻はそうすることで、憧憬と欲望を区別するすべを徐々に身につけていっているようだった。態度や趣向、意志をいつでも撤回する姿勢をとりながら、捨てるべきものと大切にすべきものを仕分けていった。はたから見れば、たんに移り気で主観がないだけともとられるそんな性格も、オギには魅力的に映った。

オギには、何かを粘り強く追求したり、それ以外には目もくれず、結局は成し遂げ、一途に生きてきたと自負する人への恐れのようなものがあった。彼らは並外れた意志を持つあまり、薄弱な意志を鼻で笑いがちだ。運に頼ろうとする態度を非難する。ささいな偶然の連鎖を認めない。我が強く独善に満ち、自分の自負が暴力になるとは思いもよらず、つねに教え諭すような口振りで話す。自分が優れていることを隠そうともせず、慢心に同意しない人々の剝奪感をあざ笑う。ときに憐れみ深い態度で寛容さや懐の深さを示すが、それは人間への愛からくるものではなく、まったくもって自分の余裕ある暮らしに起因するものだ。オギはそんな人間をよく知っていた。ほかでもない、オギの父だ。

生涯、造船所で働くことで身を立てた父は、地理学を専攻して大学院に進むというオギをせせら笑った。男のくせに先生なんてものをやるつもりなのかとなじった。オギは、守銭奴である父の援助なしでも大学院課程を修了できると言い返したい気持ちをぐっとこらえた。オギが何をしようと、父はオギが自分の金をむしり取るつもりなのだと考え、実際にそうされるのではないかと怯えていた。

普通の男が女性に求める理想の母親像など、オギにはなかった。オギにとって母の印象とは、ふさぎこんで悲観的なことばかり考えていたかと思うと、父の前でも臆することなくあてつけがましい態度をとる、といった程度のものだ。そんなときの母は、さすがだと思えた。母の嫌味に耐え切れなくなった父が怒り出すと、冗談も通じないのかと言いながら、父をいっそうせせこくて無様な人間におとしめるとき。腹を立てて息巻く父をからからと笑い飛ばすとき。

妻の中に、母に似た姿や正反対の姿を見たわけではない。見ようによっては、妻は母と父の性格を同時に備えていた。不安げでありながら、自信にあふれていた。独善的でありながら、余裕に満ちていた。それがオギには不思議に思えた。それらは絶対に両立不可能に思えた。両親を思うとき、つねに各々の空間に沈痛に座り込んでいる姿が浮かぶように、母と父は断絶された人生に別々に存在する人物だったのに、妻の中にはその二人が自然に共存していた。

大学院に進学したのは妻のためだったが、当の妻は途中で投げ出した。妻は修士課程を終えないまま、現場でのキャリアを積みたい一心で、立ち上がったばかりのインターネット新聞社に就職した。だがそこを半年で辞めた。その後は本格的にマスコミに就職するための準備をし求職活動を続けたが、ことごとく失敗に終わった。仕方なく、今ひとつぱっとしない雑誌社に入り、月に十二もの原稿を書く生活を一年ほど続けて辞めた。再び就職活動をしたり、稼いだ金で旅行をしたりしながら休んだのち、前よりもう少し規模の小さい雑誌社に就職し、似たような質と量の原稿を書くことをくり返した。その間にオギは修士課程を修了し、博士課程を終えた。

結婚の三年前、父が亡くなった。父が初めて痛みを感じたのは、亡くなる半年前のことだ。

その日の晩、父は取引先の役員たちと会っていた。退職するまで勤めていた会社で、父の部下だった人たちとだ。父は退社後に部品生産メーカーをつくり、以前勤めていた会社に納品していた。先だって、彼らのアドバイスどおりに生産ラインを増やしたのだが、国際情勢の危機に端を発する一連の経済不況が広まり、父はそのあおりを避けられなかった。

父は、納品をめぐって悲観的な見通しを示す元部下たちと寿司を食べた。夜中、腹痛に襲われた。体をまっすぐにすると、針金に腸を刺しつらぬかれ、ぴんと引っ張られているかのようだった。このときはまだ、父も夕食に食べた寿司のせいだと思っていた。とんでもなく高価で、領収証を受け取るときには胃がきりきりした。

朝になって、家事を手伝いにきた女性が倒れている父を見つけ、救急車を呼んだ。病院では尿路結石と診断され、ただちに手術しなければならないと言われた。医師は急いで手術に及んだが、開腹してみると痛みの原因が結石でないことがわかった。

オギは平沢《ピョンテク》（京畿道南部にある港湾都市）にある大学で講義を終え、蔚山《ウルサン》（韓国の南東部にある広域市で工業都市としても知られる）へ駆けつけた。夜も更けていたが、父は今すぐソウルの病院に移るといって聞かなかった。その後何度か病院を替えながら、尿路結石に代わって過敏性大腸症候群やら便秘やらといった珍しくもない病名を医師から聞かされた。

しばらくして父はまたも痛みを感じ、今度はまっすぐにソウルの大学病院へ向かった。腸閉塞という診断を受けて手術室に入った。母校で講義中だったオギは、父の病名を携帯メールで受け取った。父の腸壁が詰まった大便で破れるところだったのだと思うと、講義中にわけもなく笑いがこぼれた。

父の大腸から出てきたのはかちかちに固まった大便ではなかった。ゴルフボール大の腫瘍だった。父は腫瘍を取り除いたことに安堵して冗談を言った。この歳になれば癌にかかるか認知症にかかるかのどちらかだが、癌になったのだから認知症の心配はないと言いながら高笑いした。

オギは医師との面談でこむずかしい説明を聞いた。ひとまず腫瘍は取ったが、腫瘍が広がった部位によっては再発の可能性もあるという。その場合、腫瘍は筋肉質に浸潤し脂肪組織にまで至ると。面食らうオギに、医師は手のつけられない段階なのだと告げ、ほどなくしてそのとおりになった。

生涯、鉄しか触ってこなかった父が栂《つが》の棺に納められると、オギのもとにいくつかの文書が届いた。遺言状などではない。父に言われていたとおり、その文書を使って受けとるべき金と、払うべき金があった。精算してみると、多少の借金が残った。事業を行う中でかなりの金をつぎ込んでいたのだ。残ったのは借金ばかりじゃないかと、亡くなった父を恨むほどの額ではない。計算の速い父があらかじめ考えておいたのではないかと思うほどの金額、これまで育ててやった分の金を返せと父にすごまれていたちょうどそのくらいの金額だった。

妻は結婚の翌年、かなり大きな出版社に就職したが、そこの代表があけすけにセクハラ発言をするのだといきり立った。妻はそれまで社内で噂になっていたセクハラの事例をまとめ、代表の無礼を暴露する文書を社内イントラネットに掲載することで、辞職願を出すことなく八カ月で退職した。その頃オギは、新しい指導教官と相談したうえで博士課程の論文のテーマを修正し、講義のコマ数を減らした。

妻とオギは少しばかり苦しい生活を迫られた。保険や貯金など考えられなかった。未来は約束できないほど遠く、現在は単調で似たようなことのくり返し。だが平穏だった。オギと妻は一冊の本を回し読みし、読み終わると語り合った。妻は大手の出版社とノンフィクションの出版契約を結んだ。自宅と汝矣島《ヨイド》（ソウル市永登浦区に位置し、国会議事堂や国会図書館がある）を行き来しながら執筆に入った。夜は講義を終えて戻ったオギを新たにチャレンジした料理で迎えてくれ、オギはおいしかろうとまずかろうと妻のこしらえてくれた料理を平らげた。一緒に洗い物を終えると、満腹で気だるい体をひきずって味気ない近所をゆっくりと散歩し、家に戻ってぐっすり眠った。

妻は結局、どんな本も出版できなかった。原稿が完成することもなかった。オギは六度も妻が書いた原稿の初稿に目を通した。書き出しの部分はそのたびに変わった。最も興味を引かれたのは三つ目の原稿だったが、妻はオギの指摘、つまりノンフィクションにしてはあまりにフィクションぽいということばをすこぶる重く受け止めた。それこそが自分の意図するところだと反駁したが、長く主張することはなかった。オギの指摘に応えるように、四つ目の原稿は事実の記述に忠実なものだった。オギはニュース報道以上の面白みがないとアドバイスした。五つ目の原稿は二つのスタイルを組み合わせた結果、月並みでありがちな大衆小説の導入部に近くなったかと思うと、六つ目の原稿はがらりと変わったインタビュー形式になっていて、オギはとうとう、なぜそんなに非効率的に仕事をするのだと皮肉を並べた。

その後、妻は一切オギに原稿を見せなくなった。出版社との契約期間を守らず、とうとう執筆をあきらめた。出版社はほかの本の契約に変えようと言ってきたが、妻は契約金にいくらかの違約金を足して送金し、ついに契約を破棄してしまった。その頃オギは博士論文を完成させ、早すぎも遅すぎもしない年齢で母校に職を得た。

まもなく彼らは引っ越した。一緒に選んだのはタウンハウスにある住宅だ。相場に比べれば安価とはいえ、まだ就職したばかりのオギには手の出ない額だった。タウンにある家々の中でひときわ庭が広い。その庭が放置されていたことが、家の価格に影響を与えたらしかった。

庭には広範囲にわたって家庭菜園がつくられていた。手入れしていればかなりの収穫があっただろうその畑は、黄色く立ち枯れた葉で覆われている。家主の妻が病に伏してからは、庭は捨て置かれ、家庭菜園の野菜も収穫できなくなったという。死に絶えていく庭のせいか、家は陰気でどこか寒々しい。うす汚い身なりの主と、認知症を患いうつろな視線をオギと妻に向けていた老婆もまた同様だった。

オギは気が進まなかったが、妻は相場との差に固執した。老婆を介護施設に入れるとなると一人では持て余す広さのため、老人はなんとか家を売りたがっていた。妻はオギを説得した。すぐに承知はしなかった。オギは妻に内緒で仲介人ともう何軒か見て回った。気に入った家はあった。手も足も出ない額だった。そういった家を見てからは、いよいよ妻がこだわる家に気持ちが傾いた。今度もオギは妻の確信に頼った。

引っ越してきたその日、オギと妻は家の内外の明かりをすべて灯した。家には灯すべき電灯がたくさんあった。すべての部屋の明かりを点け、玄関のセンサーライトも消えないようにしておいた。庭には明かりを灯せる大小の電球が全部で十四個あり、それらもすべて点けておいた。夜通し明るく灯し続けるつもりだった。オギと妻は自分たちの未来を心から祝いたいと思った。

その夜の明かりは、今オギが横たわっている病室と同じぐらい明るかった。明かりに眠りを妨げられても、寝室の蛍光灯もほかと同様、消さないでおくつもりだったのに、夜中にオギが目覚めたとき、電灯はすべて消えていた。

一体あの明かりはいつ消えてしまったのだろう。

3

どういうわけで人生は一瞬にしてひっくり返るのだろう。すっかり崩れ落ちて消え、なんでもなくなってしまうのだろう。そうなるつもりで身構えていた人生を、オギは知らぬ間に手助けしていたのだろうか。

やっとのことでまぶたを持ち上げてからというもの、たびたび自分にそう問いかけた。しばしば他人に訊かれることもあった。一体何があったのかという問い。友人に、保険会社の社員に、事件を収拾したい警察に、見舞いにやって来た人々に。義母にはまだ何も訊かれていないが、おそらく最もつらい対話をすることになるだろう。

目覚めてから数日経たないうちに、オギのもとを一人の男が訪れた。保険会社の調査員。彼はオギが意識を失っている間にすでに病院を訪れたことがあり、今回、オギの状態の変化を受け再びやって来たのだった。

調査員は、オギが的確な意思表現ができないことを承知していた。あごの関節と神経を損傷して話すことができず、かろうじて口を開いたとしても、乾いた唇の隙間から浅いため息をつくのがすべて。オギにできるのは、瞬きをすることでイエスかノーを伝えることくらいだった。

「どこへ向かうところだったのですか?」という質問に、オギは答えることができない。
「江原道《カンウォンド》へ向かっていたのですか?」という質問になら答えることができた。

妻とオギは小旅行に出かけた。妻はあまりに長い間家にこもっていた。オギは一日たりとも家にいられなかったが、疲れていたのは同じだ。恋人の頃とは違う、もの寂しい旅行。いそいそと食べ物を詰め込んだり、安くてきれいな宿を探すのに手間をかけることもない。日程と旅先を決めたのは妻だ。予約もすべて妻がした。オギの仕事が山積みで一時は中止になりかけたが、夕方遅くになってやっと出発できた。

「天気はどうでしたか?」という質問には答えられなかった。「雨が降っていましたか?」という問いに一度瞬きした。イエスという意味で。

「運転をしていたのはオギさんですか?」

今度も一度だけ瞬きし、もう一度瞬きすべきか少し迷ったが、やめた。調査員がオギの返答を「イエス」と手帳に書き付けているようだったからだ。嘘だとか、事実でないというわけではない。ソウルを出るときは妻が運転していたが、サービスエリアでつかのまの休憩をとったあと、オギが代わって運転した。

黙ってはいたものの、もしそう言えていたなら。オギが思うに、それはとても大事なことだった。後々まで自分を責め、後悔するであろう事柄だったから。もしも妻が続けて運転していたなら、あえて自分が運転席に座ることがなかったなら、こんな状態ではあっても今ベッドに横たわって答えていたのは、脊髄が麻痺した体で病院の世話になっていたのは、オギでなく妻だったろう。どちらがましなのかわからないが、とにかくオギは生きていた。生きるために、決定的な瞬間に自分の側にハンドルを切ったに違いない。世間一般のドライバーがそうであるように、自身を守るために無意識で。

「急に加速されていましたね。事故当時のスピードを憶えていますか?」

調査員が問いかける。オギはただ凝視するだけだった。ひょっとすると、目玉くらい動かしたかもしれない。オギが答えられる形の質問ではなかったし、答えを聞きたいのなら調査員は別の形で質問すべきだ。だが彼はその質問をあきらめた。

「前方の車を見ましたか?」

オギは一度瞬きした。見たという意味だ。見たが、すでに遅かった。口が利けたならそう答えていただろう。止まれなかった。予報より早く空模様が崩れ、雨脚も強かった。路面はぬかるみ、車間距離は短く、力の限りブレーキを踏んだものの、車はあえなくスリップしていった。どこにでもある話であり、ありふれた出来事であり、それがオギの身に起こったのだ。

調査員の質問のうち、これといってオギの返事が必要なものはなかった。必要なのは、調査員が作成した保険金の支給に関する文書への同意くらいだった。雨天時の深夜の高速道路は事故発生率が高く、追突後に何らかの物体に衝突して転覆した場合、当然のことながら死亡者の発生率は上がる。オギと妻は、疑いようのない、ごく一般的な交通事故の死傷者だった。

調査員がホテル名を挙げ、そこに泊まるつもりだったのかと訊いた。オギは瞬きをこらえた。一度瞬きすればイエス、二度瞬きすればノーということだけが決まっている。よくわからないという意思をどう表現すればいいのかわからず、ひたすら目玉をきょろきょろさせた。

「違うんですか？」

重ねて訊かれた。オギは今度も瞬きしなかった。

「憶えていないという意味ですか？」

ゆっくりと一度瞬きした。もちろんそのホテルを知っていた。三年前だったろうか、学会のセミナーで行ったことがある。その後もオギは二、三度そこを訪れていた。だが妻と泊まる予定だったのがそのホテルだとは意外だった。妻はオギに宿泊先を教えてくれなかった。オギが訊かなかったのかもしれない。

口が利けたなら充分な説明ができるだろうか。ある場面は正確に思い出せる。そうでない瞬間のほうがずっと多い。医師はすでに、オギの穴だらけの記憶状態を臨床的に説明してくれていた。脳に強い衝撃を受けた場合、一時的な記憶喪失や錯乱を起こすことは珍しくないと。

車がガードレールに突っ込み、真っ暗い崖の下へとすべり落ちていく瞬間ははっきりと記憶している。そのとき体験した恐怖とスピード感は初めてのものであり、忘れようにも忘れられない。これから先も何がしかの危機に瀕するたびに、あの場面を思い出すだろう。オギは怖ろしかったが、自分にはなすすべもなく、誰かに助けを求めることもできないため、悲鳴を上げることはなかった。厚くねっとりとした空気がオギの周りを包んだ。恐怖の感触だと思ったが、違った。エアバッグがオギの視界をふさぎ、体に重くのしかかってくる。その慣れない圧迫感に酔い、オギは恐怖の中にいながらも、いっそすべてが終わることを願った。

気がついたときには、自分の体がふわふわと浮いているはずだと思った。よく言う臨死の瞬間のように、宙に浮いてエアバッグに押し潰されている自分を見下ろすことになるだろうと。何も見えない。視界は暗く、焦げたにおいがし、かすかなうめき声が聞こえた。自分の喉から出た声だった。

妻はどこだろう。オギは手探りで妻を捜そうとしたが、狭く小さく暗い箱に閉じ込められているかのように、ぴくりとも身動きできない。その不快な閉塞感と、妻と引き離されたという不安のせいで、絶望的な心持ちになる。ひょっとすると、今この瞬間、宙に浮いてすべてを見下ろしているのは妻なのかもしれない。悲しみが恐怖を圧倒し、オギは再び意識を失った。

しだいに、あの日の出来事がそっくり思い出されることだろう。時間差で、少しずつ、前後の記憶が蘇れば、あの日起こったことを納得のいくように組み立てられるだろう。時が経てば、自ずとそうなるはずだ。一時的なショックによるものなのだから、いつかはすべてを思い出すことになる。

記憶が鮮明になり状況がはっきりしてくれば、オギは悲しみとやるせなさに打ちひしがれることだろう。いっそ何も思い出さないことを願うだろう。記憶が蘇れば蘇るほど、妻を失ったということを、二度と妻に会えないということを受け入れなければならないのだから。

保険会社の社員をはじめ、幾人かの人々とこれといった収穫のない問答をしている間も、義母はオギに何も尋ねなかった。義母は終始、質問を投げる人のそばにじっと佇んでいた。オギが疲れた様子を見せると、質問を遮ったり、あとにしてくれと頼んだ。人々が立ち去り、二人だけが病室に残されると、オギの無表情な手を握ってしのび泣いた。ときにはとめどなく泣いた。泣き声は立てない。医師や看護師が入ってくると、そっと涙を拭いて脇によけた。黙ってひとり、悲しみをたぐり寄せる義母を見ているうち、オギは一緒に泣きたい気持ちになった。あごを動かして声を出せるなら、ともに泣いたはずだ。自分の悲しみを義母に伝えられないのが残念だった。妻が死に、自分が生き残ったことを謝りたかった。妻について語り合えないことが申し訳なかった。胸の奥に痛みが走る。熱く煮えたぎり、吐き気で喉がつかえる。だからオギは、自分が泣いていると思った。涙が流れているものと思ったが、違った。よだれだった。オギのあごがわずかに動き、乾いた口が開いて、そこから悲しみの代わりによだれが流れ落ちた。オギはよだれを垂らし続けた。開いたあごを自分の力で閉じることができず、なるがままに任せた。

義母は泣きながら、感覚のないオギの手を撫でている。義母の手が乾いているのか、涙をぬぐって濡れているのか区別がつかない。義母に手を握られると、時折り電流が流れるような感覚を覚えた。そのたびに義母を見つめるのだが、義母は孤独な悲しみに浸りきっていてなかなか気づかない。それが、手の感覚が戻っているというサインなのか、体につながった医療機器のケーブルが起こす摩擦のせいなのかわからなかった。

4

以前のオギにとって「障害」とは、はるか昔の戦場で手足を失った退役軍人を想像させることばだった。生まれつき染色体の組み合わせに疑わしい点があったり、遺伝子に残る家系のくびきのために引き起こされる悲劇を指すことばだった。もとよりオギはそのどれにも当てはまらない。オギとはまったく別世界に属することばだった。

ベッドに横たわったまま治療室や検査室に移動するオギを、露骨にじろじろ見る人もいれば、見まいと努める人もいた。大人は意識的に目を反らす。それとなくオギを一瞥してから、無関心を装う。子どもは逆だ。オギを見つめる。手をつないでいる母親に一緒に見ろと呼びかけたり、怖いと言わんばかりに顔をゆがめたり、実際に怖いと口にする。オギのあとを追いかけながら、母親に「おじさんはどうして怪我したの?」だとか「あの顔どうしちゃったの?」などと尋ねることもあった。

無邪気さよりいとわしいのは同情だ。子どもの質問に、大人は「やめなさい」と手を引っ張る。「怪我してるの。かわいそうな人なのよ」というささやきにオギは怒りを覚えた。

オギに恐怖を感じる人もいるようだった。恋人たちは突然手を握り合い、会話をしていた人たちははっと口をつぐみ、オギが横たわるベッドが通り過ぎるのを待った。オギを避けることが、自分たちを事故や災害から安全に守ってくれるのだと信じているかのように。あるいはほかに理由があるのかもしれない。たんにオギの顔が醜いだけなのかも。

入院して数カ月が経っても、オギは自分の体を受け入れられなかった。二度と自分の体をコントロールできないことを認められないでいた。過去の自分と現在の自分の狭間に存在するズレにどう向き合えばいいのかわからない。すべてが以前とは違うのだという予想はついても、今後どれほど多くの変化があるのか、それらがオギをどう変えていくのか想像もつかなかった。

以前とはまったく違う生活様式に慣れねばならなかった。食事について言えば、レストランに腰掛けて、調味料を極力抑えた、オーガニック食材で作られた料理をゆったりと咀嚼しながら、栄養分だけでなく味やムード、料理がかもし出す風情を味わえるわけではない。ゴムのチューブで一定量の流動食を流し込むのだ。歯をすり合わせたりあごを動かしたり舌を転がしたりする必要はない。チューブを挿し込む際の不快感のために、流動食のどろりとした食感や味気なさなど二の次だった。以前はまめにプロバイオティクスを服用していたし、腸の動きもスムーズで排便に苦労したことはない。それも今は何の意味も持たない。大腸と肛門の調節機能を失ってからというもの、オギはしょっちゅう介護人に不快な様をさらし、悲哀を味わわねばならなかった。

正式に教授になった記念にと、妻とのイタリア旅行で買った二着のスーツには、いつまた袖を通せるだろう。今は病院名の入った、脱ぎ着しやすい患者衣のうち、なるべく消毒薬のにおいがきつくないものを選ぶのがやっとだ。オギは一日中ベッドにまっすぐ身を横たえていた。介護人はオギの脚と足首を枕で支え、かかとがベッドの表面に触れないようにした。床ずれを防ぐため、オギの体を日に二、三度、横に向けた。朝と午後に一、二度ずつ左右に。オギの体の向きを変えるたびに、介護人は苦しげにあえいだ。

意識が戻ったオギが自分の顔を見たのはずいぶん経ってからのことだ。鏡でじっくり顔を眺めるのは久しぶりだった。時折り、ガラスに映った自分の姿を見ることはあった。検査室に向かうとき、患者用ベッドに横たわってエレベーターの壁面や天井に映った姿を目にすることもある。看護師の大ぶりの腕時計に顔が映ることもあった。

四十七年間、一度も疑ったことのないものの中に、彼自身の顔もあった。オギの顔は骨格や形状ができあがってしまってからも、肉がついたり落ちたりと、何かにつけ少しずつ変化してきた。子ども時代の張りや色つやは消え失せ、重力が徐々にあごの肉をたるませていた。にきびや吹き出ものがしょっちゅうできたり、だんだん顔色がくすんでくるなど、変化をくり返してきた。

だがどんなときも、自分の顔だということに変わりはなかった。高くはないがすっと伸びた鼻筋、丸みを帯びた頬骨、美容院に行けばほどほどに整えてもらっていた濃い眉、切れ長の一重の目。そのすべてが失われていた。損傷した顔の筋肉を補強するために上からべたべた貼りつけた皮膚と、筋肉強化のためにあごに取りつけられた人工造形物が見えた。

鏡の中のオギは見たこともない人だった。自分なのだと確信させるものは、ベッドの足もとにあるネームプレートだけ。オギは身体的な不具を悟ったとき以上のショックを受けた。意識を取り戻した当時の疑問、果たして生きながらえたことが立派なことなのか、という思いに再び駆られた。

すべてを投げ出したい瞬間が続いた。ひっきりなしに行われる医師の心理治療も、人生にいかなる希望ももたらさない。最後まで意識を取り戻すことがなければ、尊厳死という選択もあっただろうに、そのチャンスさえ逃してしまったようで恨めしかった。意識が戻った日の夜、天井から自分を見下ろしていた妻の形相のせいだ。オギが眠りからはっきりと目覚めたのは、明らかにそのためだった。

夜になれば祈った。この世が滅びるか、急性の薬物ショックや症状の悪化で呼吸が止まることを願った。むろん、そう祈りながらも、オギには翌日何が起こるかよくわかっている。あいも変わらず太陽が昇り、オギはいつもどおりに眠りから覚めるだろう。世界は何事もなかったように、オギが欠けた一日を始めるのだ。オギは夜通し口内に溜まっていた臭い息を吐きながら、病床での一日を始めるだろう。

義母は日に一度、オギのもとに顔を出した。心配そうな顔でオギを見てから、低い声で介護人にオギの様子を尋ねた。大丈夫でないことが明らかなオギに向かって「大丈夫?」と訊くこともある。ほかにこれといってかけることばがないからだろう。気遣わしげにオギを見つめていたかと思うと、あえてするまでもないのだが、布団をかけてやったりベッドの周りを片付けたりする。そして介護人と静かに数言交わし帰っていくのだった。

その日に限って、義母はなかなか帰らなかった。介護人と数少ないことばを交わし、シーツを整え終わっても、ぼんやりと補助イスに座っている。オギは義母を見た。義母は近寄りがたくとっつきにくいが、礼儀正しくきちんとした人だった。そんな義母を見ているうち、妻もこんなふうに年を取っていくはずだったと思われた。年老いた妻を想像すると、必ず義母の顔が思い浮かぶのだった。

介護人が席を立った隙に、義母がオギのそばに近寄った。義母はいつになく恥じらっているように見えた。しばらくもじもじしていたかと思うと、クラッチバッグから小さなベルベットの巾着を取り出した。義母はそれをぎゅっと握りしめたまま動かない。病室の外から誰かの話し声が聞こえると、はっと驚いて巾着をバッグにしまい、外が静まるとまた取り出した。

「これが何かわかる?」

指輪だった。直径が五ミリほどあるダイヤモンドの指輪。

オギは瞬きしなかった。指輪であることはわかっていたが、それを訊いているのではないだろう。

「娘のものだよ」

妻と指輪。思い出せない。

「警察がくれてね」

義母が妻の指輪を握りしめたまま、顔を覆った。泣いているようだ。オギはじっとしていた。義母はいつでもそうすることを許されている。娘を恋しがったり、娘の話をしたり、娘を思い出させる物を触ったり、それに関して話したがったりすることを。

介護人がドアを開けたが、泣いている義母に気づいてそっと閉めた。義母はこれまでも何度もこんなふうに泣いた。なんの得にもならない涙をぼろぼろ流した。今回は違うようだ。

「これなんだけど、私が持っていてもいいものかしら」

義母が涙声で言った。

「あの子の物はこれだけでね」

オギはあわてて目を瞬いた。口が利けたら二つ返事で承諾しただろう。（もちろん、もちろんですよ。お義母さんには充分その資格があります。それは当然、お義母さんのものです）。高価な指輪を譲ってくれないかという義母にばつの悪い思いをさせないよう、あなたには当然その指輪をもらう権利があるとくり返し言っただろう。

「悪いわね。私が持っていていいものじゃないのに」

（とんでもない。お義母さんがもらって当然です）

そう言いたかった。そうできず、一度瞬きするのが精一杯だった。

「もらってもいいかしら？」

義母がもう一度恥ずかしそうに訊く。そうだという許しを必ずもらわねばならないかのように、オギから目を離さずに。

（ええ、もちろんです。すでにお義母さんのものです）

オギは瞬きした。垂れ下がったあごの筋肉を動かして笑顔をつくろうと努めた。

「ありがとうね。遺品とはいえ勝手に自分のものにしては、ええ、絶対だめですよ。それに、これはとても高価なものだろうから。でもこの指輪は……まさかあの子がこんなことになるなんて」

　義母がオギの手を握った。泣いた。オギは義母の手を握り返したかった。折り目正しくきっちりした性格の義母がきまり悪い思いをしないよう、妻の遺品をもらうのは義母しかいないのだとわかるように。

　しめやかに泣いていた義母がぴくりと身を震わせた。目を皿のようにしてオギを見つめる。オギは義母がそうする理由がすぐにわかった。義母が急いで看護師を呼んで来た。看護師はオギの様子を確かめると、医師を呼んだ。医師はいくつか検査を行ったあと、オギの左手が運動機能を回復しつつあると言った。

　生き返っている。オギは心の底からそんな気分を味わった。ここ最近でこんな活力は初めてだ。何でもできそうだった。まずは脳が起き出した。脳は衝撃のせいで鈍くなっていたが、徐々に回復した。目を開けて閉じる以外、どんな器官もオギの意思を反映できなかったが、今は違う。運動神経が回復した左腕を動かすことができる。もしかすると、死の淵に迫っていった逆の順で、ゆっくりと生へ戻っているところなのかもしれない。

　医師との心理カウンセリングでもさほど心の安定を得られなかったオギに、しだいに意志が生まれはじめた。左腕のおかげで、自分に残されたもの、生への愛着となりそうなものを思い描けた。あり余るほどあった。左腕だけでそれらをすべてつかみ取ることができそうだった。

病室の空気はわずかながら活気を帯びた。介護人はオギに、前より幾分頻繁に声をかけた。よそよそしさは相変わらずだが、義母も「元気を出して。歩いて家に帰ろうね」とオギを励ました。

オギは本格的なリハビリに入った。スケジュール表を作って、一日に何時間もリハビリにいそしんだ。無理をしすぎたのか、太ももの血管が破れて、半月間治療を中断したこともある。そんなふうにまい進したあとは、心が入り乱れ気持ちが沈み、すべての治療を拒否した。

「それが普通ですよ」

医師は当然と言わんばかりの口調で言った。

「身体を損傷すると、やがてはパニックに陥る時期を迎えるものです。思考が鈍化し無感覚状態になると、当然こんなことを考えるようになります。自分は何をしているのだろう、どうしてこうなってしまったのだろう、といったことです。無理もありません。それでもじきに力が湧いてきます。人間ですからね。しだいに安定してきて、リハビリに専念するようになります。でも長続きはしません。リハビリに専念すればするほど身体的苦痛は増しますが、回復は遅々として進みませんからね。短期間で回復するものではないのだと悟った瞬間、不安と憂鬱に押し潰されそうになるでしょう。でも大丈夫。生きてるんですから。何でもやってみることができるんですよ」

医師はやさしい口調で、オギが特別だからではなく、人間ならば誰もが経験する過程だと言った。

オギは安堵した。普通のプロセスをたどっているのだと思うと気が楽だった。今の自分が特別だということが我慢ならなかったのだ。この特別さは身体的不具に起因するものなのだから。

5

二人の看護助手が、オギが横たわるストレッチャーの前後をつかみ、慎重に鉄の門をくぐる。オギはまっすぐに横たわったまま、これまで見たことのない角度で自分の家を見上げた。ベッドが動くたびに、切妻の屋根が歪みながら影を伸ばす。家屋のくすんだ外壁が大きく揺れる。クスノキが葉の生い茂った枝をめいっぱいオギの体へと伸ばす。ポーチがまるまるオギの視界を塞いだ。

これからオギが過ごす部屋、以前妻と使っていた寝室に入るまでに多少の時間がかかった。助手がミスをしたとか、オギが不自由な体をひきずって自分の力で入りたいと片意地を張ったからではない。オギはそんなことのできる体ではなかった。三カ月の集中リハビリによっても、大した回復は見られなかった。頭を左右に少しずつ動かせるようになり、左腕を使うことができた。それだけだ。左腕は当初、彼の生きる意志を呼び起こした。今は、そう簡単にはよくならないという挫折感だけを与えた。まじめにリハビリしても、器官は何一つ回復しなかった。左腕を無理に使うとしょっちゅう腕がつり、筋肉痛に見舞われた。細くなった右腕との差が目立った。そこだけ回復した左腕のせいで、オギの体はそれまで培われたバランスを崩しつつあった。

ストレッチャーにのせられて二人の助手と入ってくるオギの前に、義母が立ちはだかった。義母はオギが横たわるストレッチャーをつかんで泣いた。子どものように顔をゆがめて大声で泣く義母を、オギは初めて目にした。病院でも義母はよく泣いた。声を立てずに。静かで慎み深く、冷たい泣き方。沈黙の中にいるときでさえ泣いているように見えた。だが人前で涙を見せることはなく、娘の死を受け入れているように振る舞っていた。

やっとのことで、オギは自分の部屋に横たわることができた。イーセンアーレンのローズウッドのベッドの代わりに、低くて幅狭な患者用ベッドが置かれていた。高さを調整できるベッドだ。妻と使っていたベッドは、今のオギには大きすぎるし、高すぎるだろう。変わっていたのはベッドだけなのに、部屋は施設の整わない介護施設のようにもの憂げで、冷え冷えとして見えた。

退院の手続きや、オギがこれから過ごす部屋の片付けといったことは、すべて義母がうけおった。義母はオギの主治医と面談し、次の手術の日程を話し合った。オギの予後を尋ね、医師に聞いた話をオギに伝えた。理学療法士と今後のリハビリ方法を相談した。通院治療のための車両を契約し、通いの理学療法士を雇った。オギは定期的に病院で検診を受け、通いの理学療法士に関節と筋肉のリハビリ治療を受けるだろう。義母はオギが使う医療用ベッドと、リハビリ治療に必要な各種補助器具も買いそろえていた。

義母のほかに事に当たる人はいなかった。オギにとって家族と呼べるのは義母だけだ。実際、義母にはオギの法定後見人の資格があった。

義母は住み込みのヘルパーも募集した。看護師の助けを借りて、インターネットのサイトに求人広告を出した。住み込みという条件のために、志願者は多くなかった。義母はその一人ひとりに会い、経歴を訊くなどの面接を行った。採用を決め、報酬と勤務条件を取り決めた。

　ヘルパーは、身なりはあかぬけないが、何といっても経歴が長いという。

「前の家では、棺おけに片足を突っこんでた人を生き返らせたそうだよ」

　そう言った。オギは笑った。声が出せたなら大声で笑ったことだろう。義母は大げさに言ったりまくしたてたりすることのない人だ。ヘルパー本人の口から出たことばなのだろう。通いの理学療法士についても似たようなことを言った。今看ている患者のリハビリに成功したというのだ。

「きっかり一年で、自分の足で歩けるようになったそうだよ。たいしたもんだ」

　オギが嫌いなものの一つが、不治の病が治るという話だ。普段どおりならコケにしていただろう。生きのびるために、さぞかし風変わりな食事と運動を続けたんでしょうね。そう言っていただろう。だが今は、ちゃんと話を聞いていると相づちを打ってやりたかった。そうできず、瞬きをした。

　オギはいまだにうめき声のようなものを出したり、誰にも理解できないことばをつぶやいたが、医師によれば、次の手術後は確実によくなるという話だった。潰れたあごの筋肉は元に戻りつつあり、大きく損傷した声帯も回復しているという。

「ええ、ええ、わかってますよ。私がやって当然だもの。感謝なんていりませんよ」

義母が一人合点して言った。オギは、自分はまさにそれを言おうとしていたのだというように、もう一度瞬きした。

「私以外にはいないものね」

低いため息をついてから、こう尋ねた。

「久しぶりのわが家はどう？」

オギは視線を上げて、見慣れた天井の四角い電灯を見つめた。刺すように明るい病室の明かりに比べれば、球切れなのではないかと思われるほどうす暗い。心地よかった。安全だと感じられる明かりだった。

「嬉しい？」

義母が促すように訊いた。

オギは大きく目を瞬いた。嬉しかった。憂鬱で悲惨な日々だった。これからもそんな日が多々あるだろうが、今は穏やかな気持ちだ。体が不自由でも、身動きできなくても、妻を失ったにもかかわらずそんな気持ちになるのが不思議に思われるほど、心が落ち着いていた。

「もちろんそうでしょうよ、嬉しいでしょうとも」

義母が嘆くように言い、突然すすり泣きを始めた。オギがここまで回復したのを喜ぶ涙ではない。娘のことを思って泣いているようだった。こんな体をもってさえ家に戻れなかった娘がかわいそうで、もう二度と会うことのできない娘が恋しくて、泣いているのだった。

オギは義母を見つめ、慰めるように目を瞬いた。病院での義母とは違っていた。大声で泣き、自分のことばと決定に同意と称賛を求めた。オギは多少疲れていたが、義母の望むとおりにしてやりたかった。

だが義母の泣き声がいっそう大きくなると、オギは虚ろな視線を天井に向けた。何も話さなくてよいことが、意思疎通のために瞬きさえしていればよいことが、いざとなればそれすらしなくてもよいことが、ときには気楽に思えた。今がそうだ。オギは疲れていた。誰かをいたわれる立場ではない。オギより不幸な人はいない。義母はそれを知るべきだ。義母が自分を見ながら泣くことに納得してきたが、これから先は怒りを覚えそうだった。

義母の泣き声はすすり泣きに変わった。ひとしきり大声で泣けばすぐに治まっただろうに、すすり泣きとなるといつ終わるか知れたものではない。オギはたちまち不幸になった。自分にとって幸福や安楽は、贅沢なものなのかもしれない。義母が思い出させてくれた。妻は死に、オギひとり生き残ったのだということを。オギは死んだ妻を羨ましがって余りあるぐらいだったが、周囲の人々からは、こんな状態でも生きているだけましだという声を聞かされた。

オギはひとりになりたかった。慣れたわが家に戻ったのは本当に久しぶりだ。病院でもしばしばひとりの時間があった。二人部屋だったが、隣の患者が診療室に行くため、ベッドを空けることがあった。つかのまだった。看護師や介護人が、ときには義母が、隣の患者の見舞いに来た家族や友人が絶え間なく出入りしていた。

病院にいると、衛星都市の五日市《オイルジャン》（韓国で定期的に開かれる「市」のこと。おおむね五日おき）をさ迷っている気分だった。つねに騒がしく、誰でも好きなときにドアを開けて入ってくる。つながれたカテーテルを通じて排尿しているときでさえ、ドアを開けっぱなしにしてオギに声をかける。この先もヘルパーの世話になる身の上なのだから、ひとり静かな時間が欲しいという望みは不可能に近い。だがたとえそうだとしても、見知ったわが家を見回し、においを嗅ぎ、シーツを撫で、天井の模様をたどる間だけでもひとりになりたかった。

義母に部屋を出て行くつもりはないようだ。義母はいつしかむせび泣くのをやめ、ベッドの足もとに置かれたパイプ椅子に腰かけていた。そこからじっとオギを見つめている。オギが何か要求すればすぐさま駆けつけると言わんばかりに、目を見張って。時折り口をもぐもぐさせて何かつぶやいていたが、オギに向けて放たれたことばではない。オギは義母に何一つ頼みごとなどしたくなかった。今後は頻繁にそうすることになるだろうが、少なくとも今ではない。

八カ月ぶりのわが家だった。妻と連れ立って出た旅からひとりで戻ったということがどんな意味を持つのか、他人にわかるだろうか。オギは自分の置かれた境遇に腹立ちを覚えると同時に、誰にも理解してもらえないだろうことが寂しかった。

義母はオギが眠れば部屋を出て行くつもりなのかもしれない。オギは目をつぶった。義母はじっと座っている。小さな物音でも立ててオギの邪魔になるのではないかと、息さえもそっと吐き出している。オギはわざと大きく息をついた。義母の様子を盗み見ようと、計らずもまぶたが不自然に震えていたかもしれないが、寝たふりを続けた。ひとえに、ほんのわずかなひとりの時間のために。

こんなふうに長い時間、義母と二人きりでいるのは初めてだった。結婚して十五年になるが、これまで長い会話を交わしたことはほとんどない。相談すべきことも、共通の話題もなかった。義母は口数が少なく人見知りをしたし、オギは気さくな性格ではなかった。義母と距離を縮める努力も必要なかった。義母とオギの間にはいつも妻がいた。義母はつねに妻をあてにしていたし、なんでも妻と相談した。妻が義母と話しているときに、時折りオギを仲間入りさせることで事足りた。妻がいないときは、何事にも口を出す義父がいた。義父はどんな話題であれ、罵倒と非難で口火を切ったが、それゆえに話が絶えなかった。

初めて義母に会ったときのことは記憶に新しい。オギは緊張していた。妻からの、両親についての二つのアドバイスを頭に叩き込んでおいた。父親は口数が多いが、母親はそうではない。オギは、義父の話に耳を傾けながら相槌を打とう、義母には頻繁に話しかけようと思った。二つ目は、「父の人生には多くがあるが、母の人生には娘しかない」。父は無心で、母は愛着が強いということだ。義父にはこれまでの功績をたたえよう、義母には妻のことを褒めようと思った。

オギはベストを尽くしたかった。妻の両親に好印象を与えたかった。オギは妻を愛していたし、妻の両親が満足する結婚式を挙げたかった。そんな境遇ではなかったため、いっそう心を砕いた。オギは先行きのわからない人文系大学院の博士課程にあり、両親がおらず、両親にゆずりうけた財産もない。妻の両親に会いにいく道すがら、オギは自分の身の上をはっきりと自覚した。

義母は年の割りに若く見えた。品があり、よい年の取り方をしていた。近所によくいるおばさんのような感じは少しもない。妻は顔の線が細く目が大きい。一方、義母は丸い顔に半月のような目、さらに恰幅もよいのだが、不思議に二人はよく似ていた。妻も義母のように年を取ってくれればと思わせた。

けれどもさばさばした気さくなところがなく、内心ではやりにくかった。義母がもう少し素朴でうちとけやすければ、オギが食事の間中冷や汗をかくことはなかっただろう。

はじめは、なんでもかんでも難くせをつける義父が苦手だった。好印象を残すなど無理だと思われた。しだいに、終始やさしい表情を浮かべている義母の方が近寄りがたく感じられ始めた。妻は無頓着だった。見ず知らずの人たちの間に座っているような態度。奇妙だった。義父と義母になるはずの人ばかりか、妻までもが見知らぬ人のようだった。あとあと考えてみると、妻もまたその場が気まずかったようだ。普段は家に寄りつかない父親と、夫の代わりに娘にすべてを注ぎ込む母親と一緒に団らんのひとときを過ごすことが。

義母は口に入れたものを音を立てずに咀嚼しながら、妻とオギを交互に見つめた。妻を見つめるときの誇り高い表情と、オギを見るときの訝しげな表情が交錯した。それでもおおむね、教養高く洗練された、礼儀正しいほほ笑みを浮かべていた。ひと言で言って、距離を感じさせる表情だ。

義父だけがオギに質問を浴びせ続けた。主にオギの両親について。オギが何と答えようと、義父は嘆息で話を結んだ。なんだってそう早くに亡くなられたのか、といった具合に。

オギに両親の話をするとき、人々は慎重に振る舞った。そうすることで、オギが幼くして経験すべきでないことを経験したのだと悟らせた。なるべく親の話を持ち出さず、何かの拍子に出たときは、傷を蒸し返したことを丁重に謝った。そのたびに、オギは不快になった。わけもなくいじめてくる子どもたちを相手にしているときの気持ちに似ていた。彼らはオギに、両親がいないことは欠陥だと知らしめた。皆がそれを意識していた。オギが欠落感を感じるよう強いた。

オギの母はどういうわけで亡くなったのかと、義父が訊いた。どこが悪かったのか、どれくらい病気と闘ったのか、どの病院の専門医にかかったのかといったことを詳しく聞きたがった。

母について、オギは嘘をついた。ずっとそうしてきたので、難しくはなかった。オギは母が肝疾患で亡くなったと話してきた。実際にそうだったのではないかと思うことさえあった。母は長いうつ病のために不眠に悩まされ、そのために過酷な労働やアルコールを介さずとも疲労がかさみ、それが肝臓に損傷をもたらしたのだと。

義父の質問を前に、オギはたじろいだ。義父はまるで、初診をとがめる総合病院の専門医のようだった。肝臓の数値はどこまで上がったのか、そうなるまでにどれほどの時間がかかったのか、初期対応を間違えたのではないか、医師にそういった質問をしたのかと立て続けに訊いた。

父についてはなおさらだった。腸閉塞うんぬんと言っていた医師の話を持ち出したのが悪かった。まともな専門医の一人も知らないオギを無能だと責め立てながら、義父の質問は続いた。

義父の非難にまともに応じることができなかった。はじめは無理にでも答えようとしていたが、よく知らなくて当然なのだと遅ればせながらに気づいた。だがそのせいで、病院を転々とした経緯をいたずらに並べ上げたうえ、まともに知らないことをあやふやに語ってしまった結果、今度はそのために難癖を付けられ、肝疾患や癌は家系ではないのかという疑い混じりの質問まで受けることになった。

その後も義父は折に触れて両親の話を持ち出した。両親の死が特別な病気によるものだったり、代々受け継がれて、ゆくゆく一家に不幸を招くことを心配していたわけではない。たんに、オギが気に入らないようだった。オギにないものを思い起こさせるのが目的らしかった。今もなく、今後も絶対に手に入れられないものを話して聞かせることで、オギの立場を悟らせようという意図のようだった。オギは妻を見た。妻は無表情で向かいの壁を見つめていた。オギを助けるつもりはないようだ。もしかすると、オギとこの場に座る前に、すでに両親から聞いていた話なのかもしれない。

義父が、ついにはオギに「孤児なら幣帛《ペベク》（花嫁が初めて嫁ぎ先の家族に挨拶する儀式）は省いてもいいんじゃないか」と冗談交じりに言った。オギがまごついているところへ、義母が割って入った。

「校長先生、私も孤児ですよ。校長先生だってそうです。いつかは皆そうなるってご存知のくせに、何をおっしゃるの」

義父がきまり悪そうに水を飲んだ。飲み干すと、大声でおかわりを催促した。オギが浮き腰になって、個室の外にいるウェイトレスに水を頼んだ。

義母が小声で義父を諭した。妻はそんな父や、父を校長先生と呼んでたしなめる母に慣れっこのようだった。ちょっと顔をしかめただけで、これといって口出しはしなかった。

義母のことばが効いたのか、義父は食事の間、二度と孤児ということばを口にしなかった。オギの両親についてもそれ以上尋ねなかった。おしゃべりな義父はいち早く話題を変えた。話題は、オギの見込みのない学業と、見通しの立たない未来について。そういった質問ならまだいい。オギが妻や同僚、さらには指導教官とも常々話題にしている事柄だ。オギとその同僚は、自分たちがどれだけ無駄なことに時間と金をつぎこんでいることかと笑い合った。そうすることで、不確実な未来がもたらす不安を多少なりとも和らげた。

おまけに、親に信頼してもらえないのは昔からのこと。オギの父もまた、ずっとオギに不満を持っていた。いったいいつになったら一人前の人間になるんだ。男のくせに毎日部屋で本とにらめっこしてやがる。オギを見るたびに父はそう言っていた。父の言う一人前の人間とは、経済的自立を指していた。

義母はまたも、あからさまに義父をたしなめた。

「校長先生も倫理を教えていたじゃありませんか。生涯役に立たないことを学んで、教えていながら、何をおっしゃってるんでしょうね」

義母が大そうなジョークだと言わんばかりに、笑いながら言った。オギは反応に困って、躊躇した。続いて義父が笑った。微動だにせず黙り込んでいた妻も少し笑った。オギだけが笑わなかった。一家に長く伝わるジョークのために、オギは自分が彼らとは全くの他人であることを思い出した。

前菜を皮切りに、デザートが出されるまで、義母はあらゆる種類のカトラリーを使いこなした。料理を食べ終わるとナプキンでそっと口元を拭き、皿の右側にフォークとナイフを並べて置くのも印象的だった。

オギは最初、気の向くままにカトラリーを使う義父と、そんなことを意識するのはやぼったいと思っている妻、完璧な順序とマナーで食事する義母の間で、しばし困惑した。時々妻と義母を盗み見ながらカトラリーを選び、できる限り義母の食べる速度に合わせた。面と向かって自分を非難する義父より、そつなく本音を隠す義母に気に入られたかった。

三つ目の料理が出てきたとき、義母がふとオギを見つめた。義父が食べ始め、妻もそれに続いた。まごついているオギに義母が言った。

「お先にどうぞ」

口調はやさしく表情は柔らかだったが、オギはどこか試されているような気分になった。義母はオギがずっと横目で見ていることに気づいていたようだ。気にしすぎかもしれない。

義母はただ食欲がないだけなのかも。だがオギにはすべてがテストのように感じられた。ひどい緊張のせいで。

初顔合わせの場所に奨忠洞《チャンチュンドン》にあるホテルを選んだこと、オギが予約の電話をかけたときは満席だったが、妻の両親が電話すると小さな個室を取れたこと、義母がコース料理の選択をすべて済ませていたことが気にかかった。

食事を終えて個室を出たところで、義母は歩を緩めてオギに近寄ってきた。義父は咳払いしながら前を歩いている。妻が義母とオギを交互に見やった。義母は目で義父を指しながら、「おつかれさま」とささやいた。「校長先生はいつもああなのよ、意地悪でしょう」。オギは「いえ、そんなことは」と手を振った。

「まっすぐな人でよかったわ。亡くなられたご両親もさぞかし誇りに思ってらっしゃるでしょうね。孤児だと聞いて、ひねくれたところがあるんじゃないかと思ったけれど、余計な心配だったわ」

義母が励ますようにオギの手を二度叩き、妻に早く来いと告げ、再び前を歩き始めた。

オギと妻は、義母と義父の後姿を見ながら、黙って廊下を過ぎた。きれいに洗車された黒のセダンで二人が去ると、オギは妻が手を握ってくれるのを待ったが、妻はちょうどやってきたタクシーに向かって黙って手を上げた。

時が経ってから、あのとき先に手を差し出すべきだったのは妻ではなく、オギ自身だったのではないかと思われた。オギは妻にいたわってほしかったが、妻はオギに謝りたいと感じていた。だが妻は何一つ謝らなかった。何を謝ればいいのか、定かではなかったのかもしれない。

義母のことばがずっと頭に残っていた。まっすぐな人ということば、ひねくれていないか心配だったということば。それらのことばが、食事の間中義父から受けた心ない中傷よりずっと深く胸をえぐった。義母は見抜いているようだった。オギが、持てないもののためにコンプレックスを抱きうる人間であることを、さしてまっすぐな人間に育たなかったことを。義父はそれを当てこすり、義母はスマートなやり口でそれを思い起こさせた。

妻は両親がオギのことをどう思っているだとか、こう言っていたとかいう話を一切しなかった。あの日の食事を話題にするのをしぶった。妻の両親に好印象を残したかったが、オギの思い通りにはいかなかったらしい。もしかすると、妻はオギとの結婚について、両親と口論したのではないか。

数日悩んだ末に、妻に尋ねた。妻は肩をすくめた。オギの誤解だった。両親からオギについてよいことばを聞けなかったから話題にしないのだと思っていたが、そうではなかった。たんに話すべきことがなかったのだ。妻は両親と、オギに関してなんの話もしていないという。面食らっているオギを前に、妻はやむを得ず口を開いた。

「両親がけんかしたの」

「僕のせいで？」

「ううん、お母さんが校長先生って言ったせいで」

妻ははにかむように笑った。

「お母さん、機嫌が悪いときだけそう呼ぶの。皮肉ってるのよ。お父さんは校長先生なんかじゃなかったの。校長はおろか、定年まで勤めずに辞めたんだから」

「どうして？」

「財団でなにか事件があって、お父さんがその責任を被ったんだって」

「どんな事件？」

「知らない」

「親のことなのに知らないの？」

「親のことならなんでも知ってるの？」

妻がむきになって訊き返し、オギはぷっと噴き出すことでその場をとりつくろった。

結婚式の日取りが決まってやっと、オギは義父の辞職の理由を知った。同僚の教師との恋愛問題が表沙汰になり、免職になったのだという。二度目に両親と会ったとき、妻から聞かされた。奨忠洞のホテルで初顔合わせをしてから約一年後のことだ。二人の間に流れる冷え冷えとした空気を説明しようとするうちに、自ずとそんな話になったようだ。

引っ越したばかりの妻の実家は、麻浦《マポ》にある古いタイプのマンションだった。リビングには表面の擦れた、水牛皮の大きなソファが置かれている。そのせいで、縦長の居間はひどく狭く見えた。正面の壁掛けテレビは大きすぎて、ソファとの距離がずいぶん近く感じられる。義父は慣れた様子で、両ひじをかけてソファに座り、ボリュームを最小にしてゴルフチャンネルを見ていた。色とりどりの原色の服に身を包み、下半身に力を入れてスウィングする人々の姿はひどく滑稽だが、それを見る義父の表情はきわめて厳粛だ。

義母は床を引きずるようなホームドレスを着ていた。その格好で、光沢のあるシルバーのトレーでお茶を運んでくる様子は、非現実的で異様だった。熱い紅茶は古いものなのか、なんの香りもしない。オギは息を吹きかけて最後まで飲み切った。義母がホームドレスを引きずりながら狭い板間を往復するたびに、義父はこれみよがしに舌打ちをした。

どういうわけか、おしゃべりな義父も舌打ちするばかりで、口を閉ざしている。妻は着替えてくると言って部屋へ引っ込み、義母は義父とオギには目もくれず読書のポーズをとっている。オギは目のやり場に困り、そっと家の中を見回した。

落ちぶれた生活の跡があちこちに見られた。サイズの合わない外国製家電、おそらくレプリカだろうが、まれに見る金基昶《キムギチャン》画伯の赤い鳥の絵、靴箱に入りきらないのか、玄関の片隅に積み置かれたブランド物のシューズケース。

家の広さに比べて、そこを埋めている物のサイズが大きすぎるせいかもしれない。セパレートタイプのサブゼロ冷蔵庫は一部がキッチンに納まりきらず、リビングにはみ出している。リビングを狭くするのに一役買っているどっしりした木製テーブルの上に、オーブンやコーヒーメーカー、ポットなどの家電製品が置かれている。調理する際の動線を顧みる余裕もなく、空いたスペースがあればところ構わず置いたといった具合に。

ガラス張りの飾り棚の中に、小さな磁器の容れ物があった。オギはそれをしばらく見つめていた。それもそのはず、鍋やセットの器、湯のみなどで埋めつくされた飾り棚の中で、生活のにおいがしないものはその磁器だけだった。

義父が思いのほか早々に退職し、どういうわけからか暮らしぶりを小さくする立場に置かれ、金になりそうな物はすべて売り払った結果、あれだけが残ったのかもしれない。特色のない形ととりわけ冴えた青色から推測するに、高くない物だから、いや、ともすると安すぎて始末されなかったのかもしれない。

リビングに出てきた妻が、オギを小突いた。オギはようやく、飾り棚に目を留めていた自分を義母がじっと見つめていることに気づいた。義父もまた苦々しい表情でオギを見ていた。

「あちらの磁器、いい色ですね」

恥じ入ったオギが、いたずらにそう言った。義父が舌打ちしながら、いっそう深くソファに体を埋めた。口をつぐんでいた義母は、外の遊び場から子どもの騒ぐ声が聞こえると、突如ベランダに出てこう叫んだ。

「ちょっと、うるさいわね。あっちに行って遊びなさい」

義父がまたも舌打ちし、露骨に義母をにらんだ。オギは驚いた。義父の態度もそうだが、義母の金切り声にいたたまれない気持ちになった。

妻が適当な理由をつけて、オギを家から連れ出した。エレベーターで下へ降りながら、妻はふいに義父の退職事由を打ちあけた。両親の気まずい行動を説明するのにそれ以上のものはないと思ったようだ。そうして、オギの反応を待つまでもなく、笑い出した。

「それはそうと、あれ、磁器なんかじゃないわ」

目を丸くするオギに、妻がくすくす笑って言った。

「いい色ですね、なんて。ほんと見る目ないんだから」

「にせ物ってこと？」

「にせ物もなにも、磁器じゃないんだから。あれ、骨壺よ」

「なんでそんなものを、家に？」

「母方の祖母の骨壺なの」

オギは驚くまいと努めた。妻を気遣ってのことだったが、妻はオギが落ち着き払っているのが不思議らしい。

「知ってたの？」

「知るわけないだろ」

「お母さんね、日本の人なの」

「え？」

「正確にはハーフ。祖母が日本人だったの。中学まで日本にいたんだけど、祖父母が離婚することになって、祖父と一緒に韓国に来たのよ。祖父が韓国の人と再婚して、お母さんはその後新しいお母さんと暮らしたの。日本に戻る機会もなかったし、祖父も行かせなかったみたい。何年か前に、やっと連絡のついた親戚があれを持ってきてくれたの。でもね、その親戚って人が、どうして数十年ぶりに韓国にやってきたかわかる？」

「骨壺を渡しに」

オギが当然だというふうに答えた。

「南怡島《ナミソム》に来たんですって。ヨン様のために。ヨン様のおかげで祖母とお母さんは再会できたの」

　オギと妻はしばらく笑い合った。

「どうして納骨堂に納めないの？」

「はじめは当分の間だけ持ってるつもりだったらしいんだけど、いつの間にかそのまま置くことになったみたい。お母さんが子どもの頃住んでた家に、仏壇があったんですって。見たことない？　日本の家庭にある仏壇。そこに仏像や位牌を置くでしょう。お母さんは子どもの頃から仏壇に骨壺があるのを見て育ったから、家にああいうのがあっても一つも変じゃないみたい」

「本で見たことあるよ。四十九日間、仏壇に遺骨を置いておくって」

「四十九日ですめばよかったんだけどね……最初は怖いし気味が悪かった。あそこに祖母の骨が入ってるって思うと、まともに目を向けることもできなかったわ」

「今もそう？」

「もう慣れちゃった。時々誰かが、さっきのあなたみたいに『磁器』なんて言ってるのを見ると可笑しくもあるし……でも、今でも怖いときがある」

「骨壺から何か聞こえてくるとか？」

　秘密だというふうに、妻が声を低くして言った。

「お母さんが骨壺に何か話しかけてることがあるのよ。骨壺を撫でながら、何かささやいてるの。祖母に話しかけるように、子どもみたいな声で。そんときは、怖いしうす気味悪いわ」

「なんて話しかけてるの？」

「わからない。日本語なんだもの」

「今でもお上手なんだね」

「憶えてる日本語があるみたい。祖父が日本語を禁じたんですって。日本語を使うたびに、手ひどく叱られたみたい。日本人だと思われないかと心配したんでしょうね。お母さんが言うには、中学まで日本語を使ってたから、韓国語の発音がうまくできなくて、口数が減ったんだって。子どもたちにからかわれたり、周りから変な目で見られたんじゃないかしら」

　妻が家族について話すのはほとんど初めてのことだった。大したことではないからと話さなかったのかもしれないが、オギにとってははなはだ興味深い内容だった。謎が解けたような気分。ことに、義母を理解するうえで助けになった。オギの中にある日本人のイメージを、奥ゆかしく上品だが胸のうちがわからない義母に重ねると、自ずと合点のいく部分がある。よい方法とは言えないが、その後もしばしば妻の家族が他人のように感じられるとき、オギは自分が外国人を相手にしているのだと思うことにした。

6

　庭は荒れ果てていた。八カ月でここまで様変わりするものだろうかと思うほどに。植物は死ぬか、枯れたままそれでも土に根を張っていた。まっすぐに立ったまま死んでいる植物が怖かった。仲介人の紹介で初めて家を訪れたときの庭のように見えた。認知症の老婆と気力の衰えた老爺が、影の下でオギ夫妻を見つめていたときの庭のように。

　妻が手入れしていた庭はもうない。あのときどんな花が咲いていたのかよく思い出せない。オギが無関心だったこともあるが、それよりも、個々の植物が目立ってしまわないよう、調和のとれた自然な形でその場に収まっていたからだ。

　通りすがりの人々は大抵足を止めて、低い鉄柵越しに庭を眺めた。ちょっと庭を見せていただいてもいいですか？　そう声をかけられることもあった。妻とオギは快く承諾した。妻は自慢したがったし、オギは誇らしかった。近所の家々が手のかかる庭を処分して現代式の家屋だけを残したり、小ぶりな庭に見合ったサイズの松や低木を植えているのに比べれば、オギの家の庭は訳が違った。

庭を作り上げるまでに、妻は何年も精を尽くした。最初の年は失敗だった。隣の家と似たような低木を植えても、季節を二つまたがず枯れてしまった。翌年もさほど満足のいく結果は得られなかった。三年目になると、やっと様になってきた。それが一昨年のことだ。

妻がなぜ庭づくりに熱を入れ始めたのか、オギにははっきりわからなかった。いつからかは憶えている。妻がそれまでとは庭の使い方を変えた時期を。

二人が庭を使うのは、パラソルのもとでバーベキューをするときくらいだった。大きなテーブルをまん中に置き、二台のグリルを並べて置いた。良質のヒレやサーロイン、ソーセージ、じゃがいも、きのこなどを焼いた。客を呼んでつつましやかなパーティーもしばしば開いた。妻の家族やオギの同窓生が招かれた。オギの大学の同僚も。

大学の同僚たちを招いて以降、妻は庭の用途を変えた。テーブルを売り払い、バーベキューグリルなどの類を倉庫に放り込んだ。そうして、土を掘り返し始めた。目を引く変化だったにも関わらず、オギは数日経って初めて、庭に対する妻の決心に気づいた。

その当時、オギは慌しい日々を送っていた。学科の仕事以外にも、キャリアを積めそうな仕事に興味を抱いてまい進していた。財団の支援を受けられる研究事業チームをつくった。所属する学会も多数あり、外部機関の諮問もいとわなかった。前年に出した本がいくつかの団体から推薦図書に選ばれ、しばしば講演を頼まれた。はじめは不思議だという理由で、のちには、同じことをくり返せばよいからという理由で引き受けた。大邱《テグ》や群山《グンサン》、釜山《プサン》へ講演に出かけることもあった。

オギはそのつど、自分の専攻の紹介に苦労した。地理学なのだといっても、歴史学と受け取られがちだった。はじめは、地理学は世界を描く科学であり、歴史は世界について書かれた文学の一つだとわざわざ説明していたが、のちにはそうする必要を感じなくなった。専攻者はどのみちよくわかっていたし、非専攻者は興味を持たなかった。

地理学科なら不動産に通じているだろうから、いい土地を買い占めてるのではという世間一般の誤解の中で、オギは、そうにらんでタウンハウスを買ったのだと軽口を叩けるようにもなった。

論文のテーマに地図学を選んだのは、当時の指導教官のためだった。今は退職して著書の執筆に専念している教授から、この小国で地形学に人生を賭けるのは無意味だから、論文テーマを地図学に変えるよう勧められた。オギは言われたとおりにした。以前の指導教官が退任するまでに論文を書き上げられず、指導教官を変えなければならなかったために下した決定だった。

　以前の指導教官はオギをなじった。地図学への理解は比較的最近のことで、専攻にするには危険だと忠告した。地図学において名望ある研究家はほとんどヨーロッパかアメリカにおり、留学しないのなら意味がないとも言った。地図の研究と製作に関する研究は初期段階にあり、この分野を研究する学者の未来は、彼らが解析しようとしている地図よりもなお不透明だというもっともらしいアドバイスもくれた。オギはそれらの話を心して聞いたが、論文のテーマを変えることはしなかった。

　オギの選択について、先輩たちは当てこするようになった。すぐにそうなったわけではない。はじめは歯切れの悪い称賛が続いた。徐々に、オギは抜け目ない人間と呼ばれるようになった。ある先輩からは、成功のためには「妻子さえ捨てる男」と言われた。オギは見る目があるよ。見習わなきゃな。俺たちのザマを見てみろ。融通も利きゃしない。一見自分を責めるようでいて、実はオギを非難しているのだった。最初は論文で苦労してるなって思ってたさ。わざと時間稼ぎしてたなんて誰が思うもんか。しまいにはあからさまに言われた。こいつは本当にずる賢い奴だよ。どこに並べばいいかよくわかってる。こういう奴が成功するのさ。

　誤解だと証明しようと、オギは図法を研究し、古い長方形の地図に見入ることに時間を費やした。古代バビロニアの地図から最近のものまで、ひっきりなしに地図を眺めた。そうすればするほど、途方に暮れた。どんなに努力しても、最後まで正確たりえないということ。それが、地図を研究しながらオギが悟ったことだ。地図で生の軌跡を探ることは不可能だ。地図なしでは世界を理解できないが、地図だけで世界を表現することができないということに懐疑を抱いた。

意味があるにはあった。正確に捉えることもできず、線も見えやしない軌跡を、誰かはあえて実体のある空間に置き換えようとしたという点だ。ときには、まさしくそのためにつまらなく感じた。正確に知ることができず、ひと通りの解釈に収まらず、あらゆる政治的意図や都合によって解釈が異なってくる世界なら、今のこの世界となんら違わないからだ。それでも、地図は失敗を通じてよりよくなった。その点では人生よりずっとましだ。人生は失敗が積み重なるばかりで、失敗を通じてよくなることはないのだから。

オギは専攻をどう活用するか思案した。グーグルアースやポータルサイトが提供する地図サービス、地図アプリの拡散に注目した。ウェブ地図の含意を探求し、それをコラムに書いて講演した。古地図はオギにとってなんの利益にもならなかったが、グーグルアースと結びつけると外部活動の道が開けた。

講演では、アメリカの地理学者であるウォルド・トブラーのことばを引用した。「地理学の第一法則は、あらゆるものはほかのものとつながっているが、近くのものは遠くのものよりいっそう緊密につながっているということだ」。オギはウォルド・トブラーの意図するところはさておき、このことばを引用して、だから家族を大事にし、妻や夫に誠実でなければならないと聴衆を笑わせた。講演の終わりには、シニカルにこう言い切った。「地図は世界を実際どおりに見せてくれるものではない。それは不可能だからだ。ひと言で言って、正確な地図はない。それは今後も同じだ」

初めての講演のあと、オギは単純でありきたりな内容を、確信に満ちた雄弁調で並べ立てたことに恥じ入ったが、まもなく、聴衆はそういった話し方に信頼を抱くのだと気づいた。

オギが外部活動や講演に専念するのを好ましく思わない同僚がいると、オギは自分に言い訳するように、四十代も半ばを過ぎる自分の歳を意識した。

四十代ということばで最初に頭に浮かぶのは、母だ。四十は母が自ら命を絶った歳だ。父が職場でいくらか安定し、個人事業に頭を巡らせながら家を出ずっぱりだったのもその頃だ。言うなれば、四十代は世間に適応するかそれに失敗するかの分岐点となる時期なのだ。オギはもちろん、世間に適応したかった。

慙愧《ざんき》の念をふりはらうために、いつだったか妻が読んでくれたホ・ヨンの詩をしばしば思い浮かべた。その中に、四十代とはあらゆる罪が似合う年、という一節があった。その一節を思うと、いくぶん心が落ち着いた。自分だけではなく、総じてそういう時期なのだという ことに安堵して。

少し前、オギはもう一度その詩を探してみたことがある。四十代の男性が持つ俗物根性に ついてのコラムを書くにあたって、冒頭にその詩を引用してはと思いついたのだ。妻の書架 からホ・ヨンの詩集をすべて取り出して目次をなぞった。「四十代」や「四十」といった題名 の詩は見当たらなかった。

著者を思い違えているのではなかった。妻と一緒にその詩を読み、話し合ったのを鮮明に 憶えている。「三十は崔勝子《チェスンジャ》、四十はホ・ヨン」。三十代のおぼつかなさを詠んだのが崔勝子 なら、堕落した四十代を捉えたのはホ・ヨンだと。五十は誰かしら。妻が訊いたが、これと いって頭に浮かばなかった。二人は交互に詩人の名前を挙げるうち、五十は天命を知る年な のだから詩などなんの役に立つのかと笑い合った。

オギはホ・ヨンの詩集をすべてひっくり返し、ついにその詩を見つけた。そこには、題名 はもとより本文にも、四十代ということばは一度も出てこない。詩人の年齢から、おそらく それくらいの年頃を言っているのだろうと推測はできたが。オギは面食らった。初めてその 詩を耳にしたとき、当然のように四十代に関する詩だと思ったからだ。

オギが思うに、「罪が似合う歳」ほど、四十代をうまく定義したことばはない。四十代こそまさしく、罪を犯す条件を備えている。その条件とは二つ。多くを有しすぎているか、有するものが一つもないか。すなわち、四十代は権力や剝奪感、怒りのために罪を犯しがちなのだ。権力を持つ者は、傲慢さゆえにたやすく悪行を重ねる。怒りや剝奪感は自尊心を刺激し、人を卑屈にさせ、辛抱強さをうばい、自分の行動を正義感でぬり固めがちだ。力を悪用するなら俗物、怒りのためなら剰余。そういうわけで、四十代はそれまでの人生の結果をさらす時期と言えた。さらに、その後の人生を予想できる時期でもある。永遠に俗物として生きるか、はずれ者として生きるか。

あえて二つに分けるなら、オギは前者に近い。意識して、あるいは無意識のうちに徐々に多くを有するようになり、いっそう多くのものを求めて露骨に策を弄し、そうすることに恥を感じなかった。しばしばわが人生が心地よすぎて、一切の変化を望まないこともあった。手中のものを何一つ失いたくなかった。何かを成し遂げることにしか興味のない父を嫌っていたが、自分もまた、すでに似たような価値のもとに生きていた。

オギはよく、拳をぎゅっと握った。長い間力を込めていても、まったく気づかないこともあった。そしてふと、手の平が赤くなるほどぎゅっと握っていた手を、何度か開いては閉じた。そんなに力を込めてまで握りしめていたものは何だったのだろう。じっと考えるまでもなく、さまざまなものが一気に思い浮かんだ。

オギ自身は一度もそう思ったことはないが、妻は自分自身を負け犬だと感じているのではないかと心配だった。妻はやろうとしていたことで挫折を味わい続け、自分の才能を生かせたという経験があまりない。それでも人生を楽しいものと感じていればいいのだが、妻はあるときから変わった。友人に会うこともなくなった。何かを学びに出かけるとか、誰かのようになりたいと言うこともなくなった。財布に写真を入れて持ち歩いたり、何かを書きたいと言うこともない。本も以前のようにはたくさん読まず、時折「キンフォーク（アメリカに本社を置くライフスタイル情報誌）」やガーデニング雑誌をめくるだけだ。しばしばリビングにいるとき、ここはどこだろうという目で家と庭を眺めた。その眼差しを思い浮かべると、妻は人生の虚しさを埋めるつもりで植物に熱中し始めたのではと思われた。

いや、まったく違う理由からかもしれない。オギから庭を奪うためなのかも。妻が庭づくりを始めた時期を考えれば、その可能性もある。

妻は、オギが庭で夜更けまで同僚と酒を飲んで騒ぎ、大いに笑い、次回を約束して見送ってからというもの、庭を自分だけのものに変えてしまった。

同僚というのは皆、わずかな時期のずれはあるものの、大学院でともに学んだ仲間だった。学科の教授であるM先輩、オギと一緒に研究室生活を送ったKとJが来た。教え子のSもいた。先輩のKは、オギが任用されたとき、一緒に面接を受けていた。オギが受かり、Kは落ちた。Ｊはともに研究事業に取り組んだ後輩だった。Ｓはオギが任用されたのち、初めて置いた助教だった。

かつてオギと彼らは、同じように見えない未来を感じ、似たような好奇心を抱いていた。大学院進学を選んだことを後悔し、きれいさっぱり諦め、しょっちゅう酒に酔っていた。希望がないがゆえに、友情がふくらんだ時期だった。だから皆、友だちになれた。今は違う。漠然とした瞬間は過ぎ去った。それでもオギは、変わらず彼らと仲がよかった。

妻は昔から彼らを知っていた。一緒にいるときは気まずい雰囲気にならないよう気を配った。あの日のパーティーを仕切ったのも妻だった。妻はパラソルの陰に置かれた大きなチークテーブルに座って、彼らとざっくばらんにおしゃべりし、肉を焼くオギをよく手伝い、食卓の皿が空くとすぐさまキッチンに運んでいってほかの食べ物をのせてきた。

オギは何よりも、あえてこの家に招待したのを自慢と取られないよう注意した。そのために、銀行のローンはいくら、月々の利子がいくらとまくし立てたあと、たちまちそれを後悔した。

まだ早かったが、Ｊが酔っ払って居眠りを始めた。ＭとＫの話は終わりそうもなく、オギはＪを支えるようにしてリビングに連れていった。Ｊをソファに寝かせ、冷蔵庫からワインを取り出した。数日前デパートで、Ｍ好みの、タンニンの強いフランス産ワインを数本、無理して買ったのだ。

ほかに酔った人はいなかった。妻も、ほかの人たちも。ゆったりとワインを片手に、言い争いもなく、大きな笑いもなく、特別な話題もなく、だらだらとおしゃべりする時間が続いた。申し分ない集まりだったし、文句なしのパーティーだった。

妻はそう思わなかった。翌日、妻はささいなことでオギに怒りをぶつけた。オギは妻をなだめた。妻が思っているようなことは決してなかったと。

時々あることだった。妻は何かを引き金に最悪の事態を想像し、それが実際に起こる確率を豪語した。そんなときの妻はとてもデリケートで神経質だった。自分の考えしか信じず、それを真実だと確信する。オギのことばをすべて否定し、オギを嘘つきだと責め立て、自白するまで追い込みそうな勢いだった。そうしてひと通り怒りをぶつけ終わると、じきに謝罪した。大げさに考える癖を反省し、なるべくよいことしか考えないと約束した。オギは気にしなかった。もどかしくはあったが、怒りは湧かない。妻はいつもそんな調子というわけではなかった。

妻は庭の土をひっくり返した。自分が踏みしめている大地をすっかり掘り返しそうな勢いで。死んだ植物の根を取り除き、ざっと土を鋤《す》くくらいでは満足できなかった。ひと通りの耕運作業を終えると、苗木屋で苗を買ってきて植えた。たちまち残らず枯れた。

するともう少し本格的に挑んだ。ガーデニングの本を買い込み、一日中庭に出て、専門家の本を参考に庭の地図を何枚もつくった。オギが出勤する時間、妻は陽が照ろうがそうでなかろうが、顔を半分以上隠してくれるつばの広い作業用の帽子をかぶり、ガーデニング用の丈夫な手袋をはめ、首にタオルを巻き、腕には紫外線を防ぐためのアームカバーをつけ、長靴を履いて土をならしていた。オギが帰宅するときもやはり同じ格好のままで、朝以上に土で汚れた姿で庭にしゃがんでいた。苗木屋か良才洞《ヤンジェドン》の花市場に出かけるのが唯一の外出だった。移植ごてや草取り鎌のほかに、レーキや鍬、枝切り鋏、木製の支柱、緑化テープといったものを買い入れ、そのたびにオギに用途を説明した。

オギはガーデニングの専門家に頼もうと言ったが、妻にそうするつもりはなかった。オギは傍観した。妻が庭に敷く土を買うと言い出したとき、オギは初めて首を振った。

「僕たちは家を買ったんだ。庭を買ったんじゃない」

自分が感じている不満を知ってほしかった。

「ミミズがいないの」

妻が言った。

「ミミズ?」

「ここの土はみんな死んでるのよ。ミミズもいない土なんて。ミミズがいないと。でなきゃ何も育たないわ。それにうちの土から……」

　そこまで言ってから、妻はくすくすと笑った。続くことばは少しも可笑しくないはずだというオギの推測は当たった。

「アンモニアのにおいがするの。年寄りがここでおしっこをしてたみたい」

　オギは顔をしかめた。妻が夢中になっていることなら、それが何であろうと応援したい。才能はあってもすべて空振りに終わり、いかなる達成感も得られずに、嫌味や嘲弄《ちょうろう》ばかり増えていく妻が哀れだった。オギがこれまでの時間を自分の領域を拡大するのに費やしたとすれば、妻は時が経てば経つほどひとりぼっちになっていた。もとより若かりし頃の妻を思えば、今の姿は気の毒なほどだった。

　かといって、庭にしゃがみこんで土を掘り続けていたのが、アンモニアのにおいを確かめるためやミミズを探すためだったのかと思うと、気持ちのいいものではない。もともとは土が健康なのかを見極めたいという意図だったのだろうが、そこにミミズがいないと言うときの妻の奇異な表情、年寄りが用を足す姿を思い浮かべながらにたにた笑う妻を思うと、苦労して手に入れたわが家までもが気味悪く感じられた。

　妻はとうとう土を買ってきて、地面をすっかり鋤き返した。外側と内側の土を混ぜて、土に空気を通した。シャベルの刃が隠れるくらいの深さまで掘っては、今しがた掘った場所を埋めるのだった。

玄関を中心に右手に低木と液果類、左手に花やハーブなど手のかかる植物。奥には畑をつくって一部作物を植えた。家屋の両脇に木を植えた。玄関のそばにはサルスベリを、家屋の右手にはもともと庭にあった二本の白木蓮を移し、左手にクスノキを植えた。

門から玄関まで続く敷石の脇に多年草の球根植物を植えた。クロッカスやアネモネ、カラジウム、ダリア、ラヌンクルスなど。オギはそれらをひっくるめて「花」と呼び、区別できなかった。妻は小さな名札を付けた。時々、名札が見えないように隠して、オギに名前を問うこともあった。オギは自分の答えが妻を喜ばせることを知りながら、ぶっきらぼうに答えた。「どうしてこれが憶えられないのかしら?」妻が実に不思議だというように訊き返す。そのたびにオギは心の中で反問した。どうしてこれを憶えなきゃならないんだ? 実際、どうしてもヤブランとラベンダーを見分ける自信がない。アネモネとクロッカスのように花びらの色や大きさが似ているものも見分けるのは難しい。クロッカスは雄しべが黄色で、アネモネは葉よりも濃い紫だと妻に教えられても、やはりわからないままだった。

妻が花ことばでも持ち出そうものなら、とくにうんざりした。花ことばといっても、新聞に載っている今日の運勢さながらに、なんの意味もないのだ。それでも妻は飽きもせずくり返した。アネモネの花ことばは消えゆく欲望と儚い恋うんぬんといった話を。オギは頷きながら聞き流していたが、妻が耐えがたいほどに子どもじみていくようだという考えを拭えなかった。

最初の年、庭づくりは失敗に終わった。妻は予想していたのか、がっかりした様子はなかった。まともな庭になるには数年かかると言い、失敗するたびに庭の地図を修正して机の前に貼った。いつかはイギリス風の庭に仕上げるのだと。イギリス風の庭ということは、華やかな彩りとアンバランスな樹形が調和を成す庭のことを言っているのだろうか。オギが書斎にいるとき、妻はイギリス産の紅茶を運んできてくれた。オギは妻の手を見た。そこここを鋏で切った痕が生々しい。どの爪の間にも土が挟まっていた。手袋をすると植物を触るときの感覚が鈍くなるので、できるだけ素手で作業するのだと言う。そんな手で米を研ぎ、フユアオイの韓国味噌汁や豆腐チゲをつくるのだと思うと、食欲がうせた。

ガーデニングへの執着が理解しがたいときは、妻が以前、オリアーナ・ファラーチの写真を持ち歩いていたことを思い出して理解に努めた。今、妻はターシャ・テューダーのような老人になりたいのかもしれない。ガーデニングの本を書きたいのかも。これまで同様に、本は決して書き上がらないだろう。オギが思うに、それこそが妻の不幸だった。つねに誰かのようになりたがること。いつもそれを途中で投げ出してしまうこと。

週末になると、オギはやむをえず庭仕事を手伝った。妻は楽しげにあれやこれやとオギに用事を言いつけた。茎で擦れて腕が真っ赤になり、たちまち嫌気がさした。やりたくないからわざとできないふりをしているのかという嫌味も聞いた。それでも妻と並んでしゃがんでいるとき、低い鉄柵ごしに通りすがりの隣人たちと挨拶を交わすのは悪くなかった。こういった形の団らんを夢見たことはないが、彼が思い描いてきた姿の一つであることは間違いない。窓辺のゼラニウムや黄土色の大きな鉢に植えられたハーブといったものたちは、確かにその風景に属していた。

「庭づくりはプロに任せて、君は何かほかのことをやってみるのはどうだろう?」

ある日オギが訊いた。妻はオギをじっと見つめ、表情を変えないまま静かに訊き返した。

「ほかのこと?」

「こういうものじゃなくて、君が成長できそうなこと」

「成長期ならとっくに終わってるわ。植物は育ち続けるけど、人は違うでしょ。ある程度の年齢になると、それ以上は育たない」

「そういう成長を言ってるんじゃないよ。自分がやりたいことを見つけて……」

妻はオギのことばを遮って言った。

「成長し続けるものがあるにはあるわ」

「何だい?」

「癌よ。癌は成長期を過ぎた人の中で育つでしょ」

妻がくすくす笑う。

「僕が言いたいのは、本当にやりたいことをやってみたらってことだよ」

「これが今、私が本当にやりたいことよ」

オギは自分の失態に気づいた。成長しろだとか、自分自身になれというアドバイスほど愚かなものはないのに、自分がその過ちを犯してしまった。それも、オギがいかに不器用な人間かを誰よりよく知る妻に。

オギはやりたいように放っておくことにした。庭をどうしようが関係ない。どれだけ金をつぎ込んでも許せた。妻にはそうする資格があるし、オギには余裕がある。妻の人生や好み、選択といったものを尊重するつもりだった。その実、関わりたくないという気持ちから出した結論だった。それでも一つだけ、こう頼んだ。ツル植物で壁を覆わないでくれと。

植物や木に特別な愛情がなくても、木が重力に逆らってまっすぐに育つこと自体に感心することはある。だがツル植物を見てそういう気持ちにはなれなかった。垣根や柱に巻きついたり、そういったものがなければ巻きつくことのできる何かを見つけるまでくねくね伸び続け、物体に触れた瞬間、それに巻きついてよじ上っていくツル植物は不気味でしかない。ツルに吸盤を持ち、塀や壁をつたって這い上がるところや、壁を覆いつくすほどの強い吸着力が怖ろしかった。そこへ根を張らんとばかりにぴったりへばりついたかと思うと、ついには食い入り、どんどん増殖していく様子はしたたかに見えた。

妻は何度もオギに説明した。ツル植物のホルモンが物体に触れた部分の反対側に移動するためにツルが内巻きに伸びるのであって、それはしぶといわけでも気味の悪いものでもないと。たんなる生長の一方式なのだと。納得のいく説明だったが、それでもオギはしぶといその本性にぞっとした。

事故の少し前、オギは家の裏側の壁をもぞもぞと何かが這い上がっているのを見つけた。そちらの方へ踏み入ることなどないのだが、その日に限って庭に出ているときに鳴った電話に出ながらぶらぶらと足を向けた。

通話中だったため、ツル植物を見つけた瞬間、あっと声を出すことができなかった。オギの家の裏側の壁が、大きな巻きひげにほとんど侵食されていた。妻はこれまで、オギの目の届かないところでこれを生い茂らせていたのだ。窓枠からやや離れた場所に支えの棒を立てていたため、壁をつたってくるツルが家屋の正面からは見えなかったらしい。とびぬけた生長力からすれば正面にも伸びてきそうなものだが、そのつど早々と妻が切っていたようだ。オギはすっかり気分を害し、妻をこれでもかとなじった。

妻の手が届かなくなってから、庭の草木や花々は枯れていったが、家の裏のツル植物はいっそう繁茂しながら吸着力を高め、正面の壁に向かって怖ろしい勢いで伸びていた。オギの部屋の窓からも、風が吹くときには大きなツタの葉が揺れるのが見えた。オギはその緑の葉を心もとなく見上げた。まもなくオギの窓を覆いつくし、視界を遮ってしまいそうだった。

7

リビングから聞こえてくる音で眠りから覚めた。複数人がささやくように小声で歌っている。何事かと思い、オギはヘルパーを呼んだ。ホイッスルを長めに二度吹く。

「やっと起きたかい？」

部屋に入ってきたのは義母だった。大きく朗らかな声。普段は小声で話し、オギのそばに自分ひとりしかいないときでも消え入るような声でぶつぶつつぶやいていた姿とは大違いだ。義母が口をもぐもぐさせながら何か言うと、オギは自分に話しかけているものと思い、じっと義母を見つめた。何度も義母と目を合わせることで、何を言っているのかと訊き返した。

義母がそれに答えたことは一度もない。ひとりごとを恥じる様子もなかった。それに比べれば、今日のように声に張りがあり、闊達な姿のほうがましだ。

義母は浮き立っていた。こんな姿は初めてだ。まだ見たことのない姿のほうがずっと多いだろうし、おいおいそんな姿を目にしていくのだろうと、今更ながら思う。

「ほら、誰が来てくれたと思う？」

オギはじっとしていた。

「驚くんじゃないよ」

死んだ妻が生きて戻ってくること以外に、何を驚くことがあるだろう。

義母がドアを開けると、ぞろぞろと人が入ってきて、オギが横たわるベッドを囲んだ。早朝にも関わらず、弔問客のように黒いスーツを着込み、手には皮製のカバーをかけた聖書を持っている。皆、笑顔でオギに挨拶した。顔色がよいだとか、目が澄んでいるだとか。オギを前にした人は、顔をしかめたり憐れみの表情を浮かべて当然なのに、この人たちは満面の笑みを浮かべている。オギは助けを求めるように義母を見つめた。

「牧師様が来てくれたんだよ。あなたのためにお祈りしてくれるって。どこからいらしたのか知ったら、驚いて飛び起きるかもしれないよ」

義母の仰々しい言い回しに、黒服の人々がうまいジョークでも聞いたように大声で笑った。

「驚いて起き上がるより、ぜひ神の恵みによって起き上がりましょう」

そのうちのひとりが言った。背が低く、終始不自然なほど明るい笑顔を浮かべている男。義母によれば、彼が牧師らしい。

牧師が、感覚の戻らないオギの右手を握る。はじめ、左手を握ったのだが、義母にそちらの手ではないと言われ、慌てて別の手を握った。人々はそれを合図にまるで屏風のようにオギを取り囲むと、円になって互いの手を取った。義母も両手を差し出してその輪に加わった。

牧師が目を閉じ、祈り始める。妙だった。初めて会う牧師なのに、長い間見知った仲のように長い祈り。牧師は言った。オギはこれまで誠実かつまじめに、研究と教育に打ち込んできた。オギほど家庭的で思いやり深く、お手本となる主の子はいない。そんなオギの身に起きた不幸こそ最たる試練である。オギが強い心でこの苦難に打ち勝つことを、再び教壇に立ってすばらしい後輩を育て、偉大な学問を研究して国家の発展と繁栄に貢献することを。そうしてこの小さくも貴い国を神の手にゆだねんことを祈った。

オギは耐えがたい思いで目を開いた。誰もが何かつぶやいたり小刻みに頭を振ったりしながら、国家の発展を願うというおかしな祈りに励んでいる。信徒たちは祈りの合間に、しきりに「父よ」とため息混じりに呟くのだが、彼らが言う父が自分の父親のことでないとわかっていても、オギは気分が滅入った。父がこの場にいたら、偉そうなことばかり言いやがって、いいザマだ、とオギをあざ笑っただろう。牧師の祈りは終わらず、オギはもうやめてくれという意味でこれみよがしにうめいた。牧師はそれに構わず、自分が望むだけ祈った。

牧師が「アーメン」ということばでしめくくると、円になっていた人々も「アーメン」を斉唱して目を開いた。オギも口の形だけで「アーメン」と唱える。オギもまた祈っていた。彼らがとっととこの場を去ってくれることを。オギの小さな願いは叶わない。彼らはまたも手を取り合い、今度はその手を前後に振りながら歌い始めた。聞いたことのない賛美歌だ。

義母も彼らと一緒に歌っていた。オギは当惑した。義母がここまで篤い信仰を持ったのは最近のことなのか、昔からのことなのか。数年前、義父が突然世を去ってからのことかもしれない。妻は義父の死後、自分への愛着がめっきり増した義母に、あるときは疲れ、あるときは無視した。義母との電話では、「お願いだからやめてよ」と押しとどめたり、嫌だと断ったりするような台詞をよく口にした。ひっきりなしに電話がかかってくるため、あえて義母からの電話を取らないこともあった。妻はどうして義母についてもっと多くを話してくれなかったのか。

賛美歌は四節目に突入し、オギは目を閉じた。妻が恋しい。ことばにならないほど恋しかった。このすべての状況を片付けられるのは妻しかいない。だがその妻が戻ってくることはない。

賛美歌が終わり、彼らはやっと手を放した。黒服のためか、あたかも追悼礼拝を捧げる人々のようだ。事実、そうなのかもしれない。早朝から集まったのはオギのためでなく、死んだ妻のためだったのではないか。オギが目覚めたとき聞こえていた賛美歌は、妻に捧げられたものだったのだろう。

牧師が聖書を開いて手短に奉読した。みな頷いたり目を閉じて聞き入っていた。それが終わるとまた手をつないで前後に振りながら賛美歌を歌った。その後、牧師がオギの手を握って短い祈りを捧げた。最後に牧師の「アーメン」という声が聞こえると、オギは感謝した。これで本当に終わったのだ。

彼らがぞろぞろと部屋を出て行く間際、義母は牧師の手に白い封筒を握らせた。献金だろう。オギはそれを目に焼き付けた。そういえば、オギの治療費や医療補助器具などの費用を、義母はこれまでどうやってまかなってきたのだろう。オギは今になって気になり始めた。義母がどのようにしてオギと妻の口座にたどり着いたのか、もしそうでないなら、どうやって費用をやりくりしてきたのか。妻の死亡保険金とオギの災害保険金が支払われたとも考えられる。そうだとしても、オギが受取人になっている保険金を、どうやって義母が受け取ったのか。気になることだらけだった。

義母が黒服の人々を見送りに出ると、ヘルパーが入ってきて部屋を片付けながら言った。

「はーあ、あれで一体いくらかしら」

ヘルパーは夜の間にいっぱいになったオギの尿瓶を持ち上げた。

「ねえ？　あれもすべてお金ですものねえ。もったいない気がするけど、巫堂《ムダン》（霊的なものを憑依させお告げやお払いを行う韓国土着のシャーマン）を呼ぶよりはましですよ。前にいた家では毎月必ずムダンを呼んでたんです。もううるさいったらありませんよ。お餅やら果物やら豚の頭やらを用意するのも大変でねえ……。部屋中にべたべたお札が貼ってあったんですよ。お札だってただじゃないのにねえ……。ムダンが刃の上に乗ったり、米をまき散らしたり、霊にとりつかれたりするのを目の前で見ましたよ。刃の上に乗るって大そうなことじゃないらしくてね。練習すれば誰でもできるんですって。あんなのよりは教会やお寺なんてもののほうがよっぽどましです。牧師さんやお坊さんはとりあえずきれいですからね。食べ物も用意しなくていいし、見物人も寄ってこないし、うるさくもないでしょう」

しきりにまくしたてていたヘルパーは、義母がドアを開けるなり口を閉ざした。義母の顔はまだ上気している。上機嫌らしい。

「あの子は善い行いをたくさんしたんだよ。祝福された子なんだ。お目にかかるのも難しい牧師様が自らこんなところまでお祈りにきてくれたんだからね。まったくありがたいこと」

「本当に有名な方なんですね」

ヘルパーが尿瓶を洗いながら大きな声で訊いた。義母もつられて高い声で言った。

「言ったってわからないだろうねえ。あんなに霊験あらたかな方はいないよ。ここに来てもらうためにどれだけ苦労したことか。あの牧師様の按手祈禱で完治した病人は一人や二人じゃないからね」

オギの予想が当たった。祈禱院か修練院に所属する牧師に違いない。まともな宗団の牧師ではないだろう。

「これから時々来てくれるそうだよ。あの子とあなたのために祈ってくれるって」

オギは義母に向かって目をしばたたいた。

(頼むからやめてくれ。もう充分だ)

「そうかいそうかい。感謝の気持ちは充分に伝えておいたよ。こうでもせずにはいられなかったからね」

オギは目を剝いた。怒っているのだと知らせたかった。余計なことはするなと言いたかった。自分に必要なのはお祈りではなく根気強くリハビリを続けることだ。あるいは、さっさと諦めること。

「どちらの方なんですか?」

ヘルパーが訊いた。義母は牧師について話せるのが嬉しいのか、声を大にして言った。牧師のいる祈禱院は特定宗派の機関ではなく、「志」を同じくする人々の聖書読会のようなものなのだと。オギは、それは一体どんな志なのかと訊きたい気持ちをぐっとこらえ、辛抱しなければならなかった。義母に聞き取れるはずもないだろうし、かろうじて伝わったとしても、義母の静かで長ったらしい説明に耐える自信もない。

正体不明の宗教団体の祈禱と賛美歌を聞いて巨額の後援金を支払わされるなんてあまりにもったいない。義母ははっきり言わなかったが、あれはおそらくオギの金だ。これまで貯めてきた金が自分の知らぬうちに、義母によってわけのわからない宗教団体の手に渡っていくと思うと腹が立った。

オギは長い間、セーブ・ザ・チルドレンやユニセフを通じて、定期的に第三世界の子どもたちを援助してきた。しばしば当局による横領や着服といったいかがわしいニュースが聞こえてくると、間接的な援助のやり方に懐疑を抱くことはあっても、決して援助自体をやめることはなかった。宗教団体や政治団体、特定の政治家を後援したことは一度もない。貧しくもなく、食べ物に困っているわけでもなく、文字を知らないわけでもない聖職者や政治家を後援する気などさらさらなかった。

こんなとき話せるのは妻しかいない。義母から与えられる苦痛をほかの誰と語り合えるだろう。けれど当然ながら妻はおらず、オギはひとりぼっちで妻を思い浮かべねばならなかった。妻はつねに何か考えていた。自分の身に起こるだろうことを最悪の形で想像した。オギの目に、妻は想像が呼び起こした仮想の苦しみの中で、それが実際に起こる確率を過大評価し不安がっていた。志したはいいが挫折をくり返してからは、何かにとりつかれたように庭いじりをする中で、もとの穏やかで落ち着いた性格はすっかり色あせていた。そんな妻でさえ、自分たちにこんな未来が潜んでいようとは思いもよらなかっただろう。

午前中に義母の訪問が終わると、あとは日がな一日ヘルパーと二人きりで過ごす。義母はキッチン脇の物置きに使っていた部屋を片付けてヘルパーにあてがった。多少距離があるためか、オギがいくら呼んでもなかなか気づかない。聞こえないふりをしているのかもしれなかった。とにもかくにも動きがのろく、人目を気にしない。正式な教育も受けていない様子だ。義母からは再三の面接の中から採用したと聞いているが、さほど信用できそうにない。看病に馴れた様子もない。普通の家政婦と変わらなかった。

ヘルパーは口数が多く、オギにもしきりに話しかけたが、オギがまったく話せないとわかると、露骨に当てこすった。「ご主人様は特にご意見もないでしょう」だとか「ご主人様はもともと無口ですものね」などとからかった。

からかうのにも疲れ、ひとりではしゃぐのにも飽きると、あちこちに電話をかけた。ヘルパーがリビングの電話でおしゃべりしたり自分の携帯電話で通話する内容が、オギの部屋まで筒抜けだった。それだけでも、ヘルパーについて多くのことがわかった。最近始めた頼母子講は月にいくら積み立てるのか、発起人とはどんな関係なのか、まもなく開かれる親戚の子のトルジャンチ（一歳のお祝い）にどんなプレゼントを持っていくか、などなど。

　何より彼女の、ご立派な息子について知ることができた。子どものころは賢かった息子がいつからぐれたのか、遊び歩いてどれほどの時間を無駄にしているか、いかに夜通しゲームに夢中になっているかについて。息子と電話で話すとき、ヘルパーの声はがらりと変わる。しょっちゅう泣きすがるような声を出す。頼むからやめてくれと。母親のことも考えてくれと甘えたように言うこともある。薬でもあおって死のうにもその金がないとはねつけることもある。

　ヘルパーのやかましい電話が長引くと、オギはホイッスルを吹いた。呼び出し方を決めたのは義母だ。義母にホイッスルをもらった。二度吹けばヘルパーがのぞきに来ることになっていた。

　ヘルパーが一度でかけつけることはない。何度も吹いてやっと来る。オギは尿意をもよおしたり、背中や頭がかゆいとき、脚が痛かったり背中が汗で濡れたとき、我慢せずホイッスルを吹いた。そうでないときも吹いた。ヘルパーの電話が長すぎると思ったとき、ヘルパーが電話で息子にぼやいたり泣きすがるようなとき。自室で何をしているのか、ヘルパーの気配がまったく感じられないとき、ヘルパーがひとりでご飯を食べている音が聞こえるときにもホイッスルを吹いた。そのためのホイッスルであり、住み込みのヘルパーなのだから。

状況はいつも似たり寄ったりだった。ヘルパーはのろのろと現れた。部屋に入ってくるとフフ、と笑いながら「ご主人様は本当によく人をお呼びになりますこと」と言うなり、ズボンの前側についた結び紐をほどいた。何のために呼ばれたのかは知ろうともせず、ひとまず手もとの濡れタオルでオギの股間を拭く。タオルはいつでも生ぬるい。水温のためなのか、ぞうきんのように持ち歩いて目に付くところを拭くためなのかわからず、オギはそのつど顔をしかめた。

尻に平たい便器をあてがい、彼女の思惑どおりオギが排便をすますと、「まあお利口さん」と誉めそやした。流動食を平らげると、頭を撫でてくれることもある。オギはひどく不快だった。自分を子ども扱いするその下劣さに腹立ちを覚えた。

ヘルパーは日に二度オギを寝返らせ、背中を拭いた。床ずれができないよう潤滑剤を塗り、ゆっくりと手でさすった。首筋から背中、臀部、爪先まで。オギの体をさすっている間は、性悪そうな笑い声を上げた。子ども扱いするときとはまるで別人だ。オギの臀部をパシンと叩くこともあれば、黒く萎びた性器をつつくこともある。わざとそうしているのだ。オギはことばにならない声を長く絞り出して抗議に代えた。

マッサージが終わると、肉付きのいい体でオギの上にかぶさるようにしてシーツを直した。反対側に回れば楽なものを、あえてそうするのだった。深く前屈みになると、揺れる胸がオギに触れることもあった。ときにはブラジャーも着けずに、乳首がくっきり浮き出る薄手の服を着ていることもある。そんな格好のときは、伸ばした腕のわきから黒い茂みが見えた。そこから蒸せるような鼻をつくにおいがした。ヘルパーは自分の体から出る汗のにおいや、オギの体から出るにおいなどものともしなかった。

はじめは腹立ちをこらえていた。やがてこらえる必要がなくなった。体に誰かの肌が触れるのは久しぶりのこと。不快さなどすっかり通り越していた。自分の体を時折りかすめるだけのそれが、触れることができれば柔らかく温かい血管の感触を感じられ、触れればぴくりと反応するであろうことがオギを喜ばせた。オギは一度たりとも肉付きのいい体に惹かれたことはないが、自分をそっと押さえるずしりとした重みが心地よかった。

だがそれきりだった。ヘルパーを触ったり愛撫することはない。当然そうできるはずもない。オギが心地よいと感じたのはそれが生きた人間の肉体だからであって、魅惑的な女性の体だからではない。オギにできることといったら、せいぜいヘルパーのにおいを嗅ぐことくらいだ。生きた人間のにおい、汗のにじんだ頭のにおい、かすかに残るシャンプーのにおい、わきの下のにおい、服についた洗剤のにおいといったもの。自分の体から出る汗のにおいや小便のにおいとはまったく違うにおい。

それだけでもオギはしばしば興奮を覚えた。ヘルパーの大ぶりの乳首が突き出ているのを見たときや、そっと押さえられるとき。襟元に白く柔らかそうな肌がのぞくとき、カールのかかった薄い髪が垂れた首筋に汗がにじんでいるときも同様だった。

以前のオギを魅了していたのはそういったものではない。オギが抱いた女は皆、小柄で華奢だった。オギは体を構成する有機物の中でも、とりわけにゅっと突き出た関節だとか、か細く弱々しい骨を好んだ。薄い肉の向うに骨の形が感じ取れると、女を丸ごと抱いているような気分になるのだった。

以前とはまったく違うものに魅了されている自分が悲しかった。女の香りでなく普段の生活のにおいに興奮する自分が、はりのある素肌でなく、たるんでぶくぶく肥った分厚い肉に興奮する自分が悲しかった。こんな肉体に惹かれたのは初めてだ。

8

義母の訪問はしだいに頻繁になった。まもなく、オギの家をわが家のように出入りするようになった。その多くは当然、予告なしの訪問だ。その日も同じだった。義母が玄関を開けて入ってくる音に続き、ヘルパーが慌てて自室のドアを閉めてリビングに出てくる音が聞こえた。

オギはこれまで、ヘルパーについて何一つ義母に告げ口しなかった。頑張れば左手で何文字か書けるだろうが、そんなかたちでヘルパーを非難するのはばかばかしく思えた。

事実、すべて問題なかった。このところオギの家を出入りし始めた彼女の息子をのぞけば。最初はオギに気づかれないように出入りしていたようだ。小遣いをせびりに来たついでに、ヘルパーがこしらえたご飯を食べてそっと出て行くといったように。時々長居をすることもあっただろうが、少なくともオギに気づかれないよう気配を消そうとしていたはず。

だが相手は、生意気で軽率でぶしつけな若者だった。大人しくしていることはプライドに傷がつくことだと思ったのかもしれない。あるとき、聞けといわんばかりに大声でわめいたかと思うと、ぬけぬけとオギの部屋に入ってきた。

うたた寝から覚めたとき、オギは仰天して金切り声をあげた。髪の短い浅黒の若者がぬっと立って、無表情でオギを見下ろしていた。腰の部分がだらしなく垂れ下がったジーパンに、「アイム・ユア・ファーザー」と書かれた黒いTシャツを着ている。

驚くオギを見て、若者はにやりと笑った。秘密だというように指を唇にあてると、そのまま出て行ってしまった。何しに部屋に入ったのかととがめるヘルパーの声が聞こえた。口が利けねえんだな。若者が言い、ヘルパーの小言が続いた。

オギは腹を立ててホイッスルを吹いた。二度吹いたらヘルパーが来ることになっている。いつもどおりやって来ない。もう一度吹く。何度も吹く。立て続けに吹く。我慢するのは嫌だった。自分がどれほど怒っているのか、きちんと言って聞かせたかった。

ヘルパーの代わりにドアを開けたのは若者だった。ヘルパーにちっとも似ていない。病弱なのかと思われるほど痩せぎすだが、弱々しいというより負けん気が強そうだ。痩せているのは苦労したせいだろうか。短い髪や日焼けした顔からすると、軍隊を出たばかりなのかもしれない。

「おいおっさん、練兵場に集合ってわけでもなし、笛なんかで人を呼びつけてんじゃねえよ」

若者がオギの横たわるベッドを足で小突く。オギがにらむと、がばっと布団をはぐった。今度は感覚のないオギの脚を小突く。オギの脚は棒切れのように揺れたことだろう。ヘルパーはただそれを見つめていた。手に負えないという表情で。楽しんでいるようにも見えた。オギにきまり悪そうな顔をして見せはしたものの、息子を止める気はないようだ。

「おっさん、これで起きろ、寝ろ、なんて指図されるのは嫌だろ？　なあ、どうなんだよ？」

若者がオギからホイッスルを奪い取って吹いた。最初は自分が立っているところで。次はオギの耳元で。吹いて吹いて吹き続けた。もしもヘルパーが無理やり連れ出さなかったら、オギは鼓膜まで失っていたかもしれない。

「口で言えよ。え？　おっさん。言葉で解決しましょうよっ」

若者が外へ引きずり出されながら叫んだ。

あんな若僧に恐れを感じるなど初めてのことだ。オギが講義室で会う学生は皆、教育の行き届いた親のもとで育った子どもたちだ。栄養状態が良好なため、身体的な成長度もバランスが取れている。学期末、成績に異議を申したてながらまれに大声を上げることはあっても、基本的には体制に順応的かつ保守的で、安定志向の子どもたちだった。ヘルパーの息子のように無礼で粗暴な学生は、少なくともオギの学科にはいない。

オギは家に戻って以来初めて、首を長くして義母を待った。自分の家で、金で雇った人間に恐怖を感じ、脅かされるとは思ってもみなかった。義母が唯一の家族であることを実感した。このまま義母に捨てられるのではと不安にもなった。

義母に来てほしかったが、それはヘルパーが一人でいるときではない。義母が追い出すべきはヘルパーの息子であって、ヘルパーではないのだ。

家に入ったときのヘルパーのせわしない様子に、義母は不審を抱いたようだ。義母は引き止めるヘルパーを無視して、彼女の部屋に入った。何やら騒がしい音が聞こえてくる。義母のものとは思えないほどヒステリックな怒号、ヘルパーの泣き叫ぶ声。

まもなく二人は狭い部屋での言い争いを終え、リビングに出てきた。するとオギの耳にも、二人の声がはっきりと届いた。義母は怒り狂っていた。ヘルパーを泥棒猫と罵っている。誤解だとしらを切るヘルパーの必死の声。

「盗んだものじゃありません。ご主人様がくれたんです。本当です。私にくれると言ったんです」

そのことばに義母はますます激怒した。一体何をしてやった見返りなのかと問いただした。

「これがいくらするものかわかってるのかい？　お前みたいな者に釣り合うものじゃないよ」

そのことばに、ヘルパーの態度が一変し、語気を荒げて言い返した。

「いくらするかなんて私にわかるもんですか。あのかたわに訊いてみようじゃないの。一体いくらするのか」

オギはその会話に大きなショックを受けた。治癒が困難な障害を負って「身体障害者」になったことはわかっていたが、自分をそう呼ぶ現場に居合わせたのは初めてだった。ヘルパーのことば以上にオギを傷つけたのは義母のことばだ。

「そんなふうにはすっぱで浅はかだから、死ぬまであんなかたわの相手をすることになるのさ」

オギは目を閉じた。今このすべてが自分とは無関係であってほしかった。罵り合いやヒステリー、嘘や言い訳、盗みといったものはオギとは別世界のものだ。こんな人生を味わう必要はない。そう考えようとしてもうまくいかなかった。

義母がいきなりドアを開けた。床を踏み鳴らして入ってくると、オギの目の前に小さな指輪を突きつけた。

「よく見なさい。これを見るの」

オギが目を閉じてしまうと、義母はオギの損傷したあごをつかんだ。目を開かせようというのだ。人口造形物がぐらぐらし、あごに痛みが走る。義母は手を放さない。いくら腹が立っているとはいえ、オギの怪我をおざなりに扱う義母はひどいと思った。

「あんたがあの女にやったのかい？　ほら、ちゃんと見てごらん」

目の前に青い石の入った指輪が見えた。あごが痛い。涙がこぼれそうなほどに。それに気づいたのか、義母がオギのあごを放した。じんじんした。

ヘルパーを雇う前、義母は家の中をざっと整理しておいた。特に、妻が家のあちこちに何気なく置いていた貴金属やアクセサリーを一カ所に集めておいた。オギにそれをしまった箱を見せてくれた。そこに入っているものをすべて手の平にのせてみたりもした。ずいぶんあったた。誰かにもらったり、妻が自分で買ったものだろう。オギが買ってやったものもあるはずだ。それがどれかはわからない。中にはかなり高価なものもあると義母は言った。それらを特別に選り分けて見せてくれたが、オギにはぴんとこなかった。

オギは義母に向かって瞬きした。瞬きし続けた。頭を少し振ることもできたし左腕を動かすこともできたが、最初に意識が戻ったときさながらにじっと横たわって、ひたすら瞬きした。義母にいくら詰め寄られてもひと言も口が利けない身の上であることにほっとしながら。

「思ったとおりだ。今すぐ出てってちょうだい！」

義母が大声で叫んだ。オギはびくりとした。自分に言われたのかと思った。

「人様の物を盗んどいて、あげくに昼間からどんちゃん騒ぎかい」

義母がヘルパーに向けて拳を振り上げながら言った。

「こんちくしょう、私を泥棒呼ばわりするつもり？」

ヘルパーがオギに飛びかかった。感覚のないオギの両脚が揺さぶられた。感覚があったなら、ヘルパーに強い力で引っつかまれている足は痛みを感じていただろう。だが今は何の痛みも感じない。オギは微動だにしなかった。揺さぶられている感覚はない。オギの体は嘘と言い訳と誤解をしかと耐え抜いていた。体は平気でも、気分は塞いでいた。オギはすでに大きな事故に遭い、受けるべき苦痛はそれで終わったものと思っていたのに、その後も普通の人生同様、嘘と誤解と言い訳の連続だとは、おかしな話だ。

酒を飲んだのはヘルパーではない。彼女の息子だ。はじめはヘルパーの小部屋でこっそり飲んでいたのだが、しばらくするとリビングで飲むようになった。酔っ払うと大声で歌い、ヘルパーに愚痴をたれた。どこかに電話をかけて軍隊の古参を罵り、挙句の果てにはおいおい泣いた。そうして泣いた後は、酒のにおいをぷんぷんさせながらオギのもとへやってきた。黒い顔に目玉だけをぎらつかせてオギに挨拶した。

「おじさん、ごめんなさい」

うやうやしく腰を折って言う。

「全部飲んでしまってすみません」

また腰を折る。

「クソみたいににおいしくて飲んじゃいました」

ときには、タオルに酒を含ませてオギの口元にあててくれた。はじめ、オギはきっと口を結んだ。ガキのおふざけに付き合う気などない。若者はあきらめなかった。オギの唇にタオルを当て続けた。シングルモルトウイスキーが醸すピート香に抗えなかった。この香りを最後に嗅いだのはいつのことだろう。恍惚。若者がさらにウイスキーを含ませるそばから、オギは舌を突き出してそれを飲んだ。後には匙で、しまいにはストローで飲んだ。若者が飲ませてくれた酒は悪くなかったが、最高級品ではない。もっといい酒があったはずだが、若者の見る目がないか、あるいはすでに飲んでしまったようだ。

義母はヘルパーの部屋に戻り、荷物をリビングの方へ投げ始めた。ヘルパーは両手に持てるだけの荷物を持った。義母が、今度は玄関を開けて、荷物を庭に放り投げ始めた。庭に放られた荷物を大きなかばんに投げやりに詰めていくヘルパーの姿を、オギは窓から見守っていた。

彼女は行ってしまうだろう。オギに肌のにおいを嗅がせてくれたり、酒で唇を濡らしてくれる人はもういない。不愉快なのか、悲しいのか、捉えがたい感情が胸に広がる。オギは悲しみを感じる代わりに、ヘルパーの息子が飲み干した酒がどれも上質のシングルモルトだったことだけを思い浮かべた。学会やセミナーや旅行で世界各地を訪れるたびにわざわざ買い集めたものだった。もったいなく、腹立たしいことだと思おうと努めた。

義母は午後一杯、ヘルパーの部屋を片付けていた。ヘルパーが置いていった荷物は一切合財ごみ箱に放り込んだ。あちこちに電話をかけてヘルパーを探していると伝えた。斡旋業者から、パートでなく住み込みのヘルパーを見つけるのは容易じゃないという話をくり返し聞かねばならなかった。

「見つかったって、どうせああいう人間ばかりなんだろうね、困ったもんだ」

義母がオギを見ながらため息をついた。

夕刻、義母が帰ると、オギはひとりぼっちになった。わが家に戻ってきた頃の望みどおり、やっとひとりになれたのだ。ヘルパーもいないたったひとりの時間は、意識が戻って以来初めてだ。安らげると思っていたが、違った。寂しかった。不安で怖ろしかった。わけもなくホイッスルを吹いてみる。誰も来ない。皮肉を言ったり意地悪をする人もいない。大声で叫んだり怒る人もいない。

家中が真っ暗だった。義母の不注意のせいだ。明かりも点けずに帰ってしまった。オギが節約すべきものなどないはずなのに、ケチなことをするものだ。初めてのことだから、そこまで気がつかなかったのかもしれない。庭にも明かりは一つもない。部屋のカーテンでも閉めてくれればよいものを、そうしてくれず、オギは窓の外が闇に包まれていくのを、暗闇の中で揺れる木の枝が誰かの手招きのように見えるのを、余すことなく見つめていなければならなかった。

サイドテーブルで赤いランプが点滅した。電話の着信を知らせるランプだ。部屋が暗くなかったなら、電話機から放たれるかすかな明かりに気づかなかっただろう。ベル音はしない。思えばオギがこの部屋に戻ってから、電話のベルが鳴ったことは一度もなかった。どうやら義母かヘルパーが、オギの安静のために音を切っておいたらしい。どうせオギは電話に出られないのだからと、そうしておいたのかもしれない。

電話機を目にすると、ある考えが浮かんだ。オギは左腕でベッドの上をまさぐり、ヘルパーが置いていった孫の手を見つけた。脚がかゆいと感じたら使うようにと与えられたものだ。それを使ったことは一度もない。掻きたければホイッスルを吹いてヘルパーを呼べばよかった。

孫の手を使って電話機をこちらへ引き寄せるつもりだった。うまくいかない。孫の手を握る左手はたちまち自由が利かなくなった。まもなく電話機のランプは消えた。再び光ることはなかった。

オギはあきらめなかった。サイドテーブルの上の電話機に孫の手を伸ばし続けた。ケーブルがぴんと張り、それ以上引っ張れなくなった。力いっぱい腕を伸ばしても、手は受話器に届かない。

何度か試してみた末に、孫の手の背の部分を使ってスピーカーボタンを押すことができた。発信音が部屋に響くと、寂しさが少し紛れるような気がした。にも関わらず、実際にその音を聞くと、ためらわれた。通話に成功したとしても、話せないのだ。できることといったら、せいぜい大きな息を吐くことくらいだろう。それでもひとまずやってみることにした。今なら、何だってやってみるまでだ。

正確に記憶している番号がある。携帯電話に登録するようになってから電話番号を憶える必要はなくなったが、その番号だけはいつでも記憶していた。オギは電話帳のリストの中から、何度かその番号を削除した。オギもある程度は努力したのだ。努力は続かなかった。電話番号ははっきりと思い出され、オギの心はしきりに揺れた。ほどなくその番号に電話をかけて元気かと尋ね、多少なりとも声を聞いた。向うからかかってくることは絶対になかった。それでも、オギが電話をすれば毎度取ってくれた。

ゆっくりと、孫の手を使ってボタンを押す。十一個の数字を滞りなく押すのに、かなりの時間を費やした。ついに呼出音が聞こえた。しばらく鳴り続けた。そして相手が電話に出た。胸が震える。傷ついた体とは裏腹に、心はよくも同じ場所に留まっていたものだ。

もしもし、と声が聞こえた。その何でもないことばに涙が出そうになる。嬉しかった。初めて愛のささやきを聞いたときのように、心が安らぐと同時に大きく揺さぶられる。もしもし？　再び声が聞こえた。オギは話したかった。その問いに応えたかった。何か言おうとするたびに機械音のようなものが漏れ出た。

相手は次に、どちらさまですか、と問いかけてきた。胸が焼けつくような痛みが走る。音となって出たのはとぎれとぎれのうめき声だけ。オギは自分の名前を告げたくてやきもきした。何度も試してみる。受話器の向うは静かだった。不審げに誰かと尋ねる声がもう一度聞こえたが、オギは口をつぐんだ。もう声を出そうとはしなかった。くたびれ、無駄骨だという気がした。それでもさらに声を聞けるかと思い、電話を切ることはしなかった。相手は何も言わずにいたが、やがて電話を切った。

電話が切れたことを告げる信号音が規則的に響く。世界のあらゆるものと引き離されてしまった気分だ。声を聞く前よりも、いっそう寂しさが募る。

まもなくして、電話がかかってきた。今度もベル音は聞こえない。受話器のすぐ下の辺りでかすかに点滅する明かり。義母に感謝した。電灯を消していなかったらその明かりに気づけなかったはずだ。

最初の電話は取れなかった。オギの動きはのろく、思い通りにいかなかった。救助信号を逃した気分だった。もう一度電話がかかってきた。オギは相手が辛抱強くあってくれることを願った。やっとのことでスピーカーボタンを押し、電話を取る。

相手は黙っている。オギはなるべく大きな声を出した。鉄で地面を引っ掻くような音がした。息が弾む。次に手術を受けたらもう少しよくなるだろうという医師のことばを思い出した。医師が言うには、しだいに断続的な声を出せるようになり、なめらかな発音はできなくともやがて正常な発声をとり戻すだろうとのことだった。オギは積極的に治療に臨むつもりだし、回復のためならいかなる苦痛をも甘んじて受け入れる覚悟ができている。

「オギさん？」

オギは自分の名前を口にする声を聞いた。

(うん、僕だよ)

オギは声をふりしぼって答えた。うん、という声が出たような気もする。相手にもそう聞こえていてくれたら。

「オギさん？」

ちゃんと聞き取れたはずもないが、オギだということはわかったようだ。スピーカーから静かな息づかいが聞こえてくる。泣き声のようにも聞こえる。胸がはちきれそうだった。自分を思って泣いてくれる人がまだいる。オギはその泣き声を近くで聞きたくなった。孫の手を伸ばして電話機をさらに引っ張る。うまくいかない。何度かそれをくり返すうち、電話機を落っことしてしまった。

　オギが横たわる場所から、床に落ちた電話機は見えない。もしもし、と呼びかける声が今も受話器から聞こえている。オギが何も言えずにいると、電話はまもなく切れた。通話が終わったことを知らせる信号音がしばらく続き、やがてそれも途絶えた。室内にはいっそう深くなった闇と静けさだけが残った。

9

　義母は翌日の正午ごろ来た。黒服の教徒たちと一緒に。部屋のドアを開けた義母の視線は、まず床に向かった。義母は訝しそうな顔でオギを見つめると、ひとまず電話機をサイドテーブルに戻した。

　オギの尿瓶がぱんぱんになっていたため、義母は教徒が部屋に入る前に尿瓶を空にし、水ですすいだ。教徒が義母を褒めそやす。誰にでもできることではない、大きな愛があってこそだと。イエスのような方にしかできないことだと持ち上げる人もいた。

牧師がオギの手を握って祈り、信徒たちは手をつないで賛美歌を四節目まで歌った。この前とは多少異なるものの、つまるところありきたりな説教が続いた。らい病患者を治し、足の萎えた者を立ち上がらせたイエスの力について説き、オギを慰めた。最後の祈禱が終わると、義母は牧師に分厚い封筒を渡した。オギはもっと牧師にいてほしかったが、それは叶わなかった。用が済むと、彼らは次の祈禱のためにそそくさと出て行った。

一行を見送って部屋に戻ってきた義母は、受話器を持ち上げた。オギにも発信音が聞こえた。壊れてはいないようだ。受話器を持つ義母が怪訝そうにオギを見やり、ボタンを一つ押した。

一つだけボタンを押すとしたら、それは何だろう。おそらくリダイヤルボタンだ。義母はもう一度ちらりとオギを見ると、受話器を手でふさいだ。誰かが電話に出たのだろう。その人は昨夜と同じように、オギさん、と呼びかけながら大きなため息をついたり泣いたりするだろう。オギがかけたものと思い込んで、何か話しかけたかも知れない。義母は相手のことばにじっと耳を澄ませていた。

やがて義母は静かに受話器を置き、オギを見つめた。オギは眠そうに目を閉じた。義母がコードを引っこ抜いて電話機を持ち去る音が聞こえた。

その日、義母は二度とオギの部屋に入ってこなかった。尿瓶からあふれた尿が床に黄色い水溜りをつくっているのが見える。それでも排泄しないわけにはいかない。事故以来、オギは小便を我慢できなかった。医師によると、運動神経の損傷で排尿調節ができないうえ、膀胱の容積が減少して内圧が高まることで、尿がしょっちゅう出るのだという。尿道につなげられた管は、黄色い尿を点滴注射のように少しずつ垂れ流し続ける。薬のせいか、尿の色はやけに濃く、においもきつかった。

義母は翌日になってやっと来た。今回は大きなかばんを持っていた。しばらくは自分がオギを看病するから、妻が書斎に使っていた部屋に泊まるという。

あの部屋。隅々まで思い出せる。庭にいるとき以外、妻はいつでもその部屋にいた。ときにはそこで寝た。オギはしばしばその部屋のドアを開けた。時間になっても妻が食事の支度をしてくれなかったり、呼び鈴を押す宅配業者に玄関を開けてやらないとき、仕事から戻っても顔も見せないときなどに、オギはその部屋に赴いた。

妻はいつも机の前に座っていた。目の前の壁に大きな本棚があった。棚は本で埋まっていた。新しく収めたい本ができると、棚に並んでいる本から一冊ぬき取って捨てた。好きな作家の新しい訳書が出ると、本棚から同じくらいの厚みの地理学の本を捨てるといったふうに。オギは妻の手が届かないよう自分の本をすべて研究室に移し、家に置くしかないものは自分の書斎に置いていたが、例にもれずオギの本のうち一冊は、リサイクル用ごみ箱から運良く見つかるか、あえなく捨てられた。

「あぶれれば捨てるのが当然でしょ」

いつからそんないいご身分になったのだとオギが皮肉ると、妻はそう答えた。そんなときの妻の目的はただ一つ。オギを怒らせること。妻は折に触れてそんなときがあった。

部屋の真ん中に大きなチークの机があった。その机を置くまでに、妻は三カ月かけた。城北洞《ソンブクドン》にあるアンティークショップに一週間と置かず通いつめ、ついにお眼鏡にかなう机を見つけたと言って購入した。リビングに置かれたソファの次に高価な品だ。オギの所有するどんな物より高かった。それでなければだめなのかと訊くと、妻は死ぬまで使う机なのだと答えた。それはそのまま、妻の言うとおりになった。妻は残された生涯の間、その机を使ったのだ。

机のそばに、同じショップで買ったサイドボードが置かれている。妻はその上に、旅先で買った記念品や、ユニークなフレームの高価な写真たてを並べていた。写真たてのうち、オギや妻の写真が入っているものは一つだけ。恋人だったころ一緒に出かけた慶州《キョンジュ》で、二人乗りの自転車に乗って撮った写真。若く美しかったころの妻を思い起こさせる写真であって、特別思い出深いわけではない。

写真たてに入っているのは、どれも女性の写真だった。アニー・リーボヴィッツが撮ったスーザン・ソンタグ、髪を結い上げたヴァージニア・ウルフ、白いビキニ姿でにっこり微笑む浜辺のシルヴィア・プラス、庭のターシャ・テューダー、たばこをくわえた老年のルイーズ・ブルジョワ、髪を解き胸元をはだけたジョージア・オキーフ、ランジェリー姿で乱れたベッドに横たわっているシンディ・シャーマンといった女たち。

生きている人のもあれば死んだ人のもある。自殺した人もいれば病死した人もいる。それぞれ人物は異なっていても、オギにはすぐに彼らの共通点がわかった。すべて成功した女性だということ。大学時代にオリアーナ・ファラーチの写真を財布に入れて持ち歩いていた妻は、今度はこの女性たちの写真を自分の部屋に飾ることにしたのだ。

妻のやりたいことがオギには遂にはっきりわからないままだったが、妻がどんな人になりたいのかは見当がつくような気がした。妻は画家や作家、著述家になりたかったのではない。単純に、成功して名を馳せたかったのだ。

庭の手入れをするとき以外、妻は成功した女たちの写真とともに部屋にこもった。オギがのぞくと、妻はいつも机の前に座って何か書いていた。そう。毎日何か書いていた。ノートパソコンで書き、大ぶりのノートにも書いた。付箋紙に書いて壁に貼り、メモ用紙に書きとめてティンケースにためていった。昔、ノンフィクションを書くという契約を違約金を払って解消して以来、何を書いているのかオギには一度も見せたり聞かせたりしたことはないが、ずっと何かを書き続けていた。

一度だけ、旅行に行く少し前に話してくれた。自分が何を書いているのか。オギはガーデニングの本だと予想した。

「違うわ」

妻が短く答えた。

「告発文、て言えばいいかしら」

「告発文?」

面白いテーマだ。妻がこれまで書いてきたものとは一風異なっている。だが考えてみれば、そうでもない。妻が初めて文章の効力を身をもって感じたのは、そういう類のものだった。何か書き、それによって目的をまっとうするという経験。妻が書いたセクハラについての告発文は社長を出版人協会の要職から退かせ、社内福祉向上のきっかけとなった。妻が書いた文章が発端となったのは明らかだ。

「真実は前進する。いかなるものもそれを止めることはできない」

妻がオギの顔をまっすぐに見つめながら、エミール・ゾラのことばを引用した。

オギが前進する真実とは何かと訊き返していたら、妻の話に耳を傾けていたら、それが真面目な話であれ冗談であれ、妻は続きを話していただろう。だが、妻の据わった目とつぶやくような口調がオギを不快にさせた。オギはため息をついて「こういうときに使うことばじゃないよ」と答えてから、席を立ってしまった。

あのときもっと妻の話を聞くべきだったと思ったのは、のちに旅に出る車の中でのことだ。あんなふうに話をもちかけてくるほど妻との関係がぎくしゃくしていたことに、後になって気づいた。あらゆることがそうであるように、手遅れだった。

義母はなかなか妻の部屋から出てこない。きっと、最初は部屋を片付けるつもりで見回していたはずが、しだいに妻の机、机の引き出し、メモが貼られた壁へと目移りしたのだろう。妻はとりつかれたように記録した。その日読んだ本のタイトルやページ数、内容のまとめは言うまでもなく、通話した人の名前や通話内容までひと通りメモした。

オギについても詳しく書きとめた。何を巡ってオギとけんかしたのか、和解を申し出ながらオギが何を約束したのか。しばらくすると、そのメモを取り出して突きつけた。オギにがっかりしたと言い、以前と同じ過ちを犯したと問いただした。誓いや約束など何の意味もないと怒りをぶちまけた。オギはまたも謝り、心を込めて似たり寄ったりの約束をした。またしばらくすると、同じように責められた。オギはたちまちうんざりした。

妻は机の上のカレンダーにオギの帰宅時間をメモしておいた。忙しくなるにつれ、妻との約束を守れないことが増えた。一緒に夕食を食べると言っておきながら、午前様になることもしばしばだった。電話やメールで十二分に断りを入れても、妻はそのたびに怒った。そんな日が続くと、妻はカレンダーを持ってきてオギが約束を破った回数を突きつけた。オギはことばを失った。

妻はいっとき、子づくりに励んだことがある。排卵日に合わせて注射を打ち、薬を飲み、診療を受けた。オギは小さな部屋で、映像を頼りに何度も精子を抽出した。人工授精は失敗をくり返し、もう少し確率の高い試験管施術を試みた。うまくいかなかった。妻は沈んでいたが、すぐに立ち直ったようだった。妻らしく、良くも悪くもあきらめは早かった。

それでもオギは妻を慰めようと思った。妻が憂鬱と不幸をことさらに隠そうとしているように思えた。傷心の代わりに冷笑を選んだ妻が、オギにはいっそう耐えがたかった。

妻は万事を斜めから見てばかにした。オギを俗物だと言った。ささいなことでオギをなじった。オギは悔しかった。自分はただただひたむきに生きている。さまざまなキャリアを積み、そのために仕事を増やした。妻はなかなか理解してくれない。寂しかった。オギは自ら自分の人生を築いている。そこから妻を分離して考えたことはない。妻も当然そうすべきなのだ。オギを分離して考えてはならないと言いたいのではない。自分の人生を築いてほしいという意味だ。

義母は妻が書き残したものをすべて捜し出して読むだろう。これまで娘が口にしなかった多くの話を目の当たりにするだろう。ノートや、きちんきちんとまとめられたメモ用紙、そこかしこの付箋紙に書きとめられた文章を通じて。義母はオギについて、妻と同じことを思うだろう。同じ誤解をし、憎しみを抱くだろう。それがオギを怖ろしくさせた。

翌朝早く、義母がオギの部屋にやってきた。寝そびれたのか、顔色が冴えない。義母の表情をうかがったが、何を考えているのかわからなかった。義母は小さなイスに座ってオギを見つめるばかりで、ひと言も発しない。オギは不安になった。義母は夜の間に、オギについて何を知ったのだろう。

義母は深くため息をつくと、落ち着いた口調で言った。

「そろそろ考えないとね」

義母は知ったのだろうか。無事に旅行から戻っていれば、義母とオギがもはや家族ではなかったかもしれないということを。よりによってヘルパーがいないときにそれを知られたことが悔やまれた。義母以外に自分の面倒を見てくれる人は誰だろうと、オギはとっさに頭を巡らせた。残念ながら、これといって思い浮かぶ人はいない。

「庭を見てごらん。こりゃあ人が住む家の庭じゃないよ」

義母がついに話を切り出した。庭の話だったが、油断はできない。庭こそが妻の空間だったからだ。義母は妻の話をしようとしている。

「でも今は、庭のことなんかどうでもいいさ。問題はそこじゃない」

むろん、問題は庭などではない。重要なのはいつだってオギだ。オギの回復。

「お金だよ」

オギは不思議に思った。どうしてこの問題を深く考えたことがなかったのか。考えてみたことはある。長くは考えなかった。義母は指輪一つもらうのにもなかなか言い出せずにいた。無駄な献金はしても、金については几帳面で分別を備えているように見えた。

「ちょっと計算してみたんだよ。この家と預金、証券、娘の保険金、あなたの保険金なんかをね……それを合計してみるとね」

義母が計算機を叩いた。

「借金がずいぶんとあるじゃないの。この家のことだよ。それを除くと……」

義母がため息をついた。利子はこつこつ払っていたし、ローンの多くは返済していた。ずいぶんなどと言われるような額ではない。生活がきついと嘆く人があれば、それに応えるように銀行の借金についてうそぶきもしたが、無理をすればすぐにでも返せる額だった。

「これが私たちの手もとにある全部だよ、見えるかい?」

義母が電子計算機に数字を入力してオギの目の前にあてがった。オギには数字が見えなかった。義母は素早く計算機を取りのけ、またもため息をついた。

オギは「全部」がいくらということより、「私たち」という義母のことばに注目した。義母は明らかにその金を、オギと自分が一緒に使える金だと考えている。すべてオギが貯めた金なのに。妻の死亡によって入った保険金だって、毎月オギが納めてきたものだ。

「今度は、毎月出て行く金を計算してみようね。あなたのヘルパー代、理学療法士に払うお金、牧師様のお祈り代、通院費、医療機器のレンタル代、診療費、薬代、ふう……あなたひとりで毎月こんなにかかるのよ。それだけじゃない。ローンの利子、この家の管理費、公共料金、基本生活費……いやでもかかるお金だね。これを合計すると……」

義母がまた計算機を目の前に突き出した。

「こんなに必要なんだよ。びっくりだろう。元気な人間二人がぜいたくに暮らしてもこんなにはかからないだろうにねえ」

オギには義母が打った数字が一つも見えなかった。もう一度見せてくれという素振りも見せなかった。義母もまた、正確な数字を教えようとしていたわけではないだろう。義母はただ、日がな一日寝ているだけのオギがひと月にこれほども金を使っているのだと言いたかったのかもしれない。

それでもかまわない。義母が「私たち」の金だと思ってどんどん使っても。オギの治療のための金を使いきって借金をしたとしても。すべてを失ってもオギは生きている。治療を受け、リハビリをし、再び健康を取り戻すだろう。そうすれば学校に戻るのだ。早く元気になって戻ってくれ。病院に見舞いに来た学長はそう言った。

車イスにでも乗れるようになれば、オギはすぐさま講義を再開するつもりだった。顔面の手術を受け、損傷したあごが再生するまで待たねばならないだろうが、左手一本でも車イスをこぐことはできるだろう。立派な手足がついていても職に就けない人があふれているこのご時世に、寝たきりの体にも関わらずオギには戻る職場がある。学校はオギに定年までの雇用を約束した。オギはリハビリを終えて学校に戻り、定年まで勤め上げるのだ。

手の自由が利くようになれば、これまで時間を割けずに後回しにしていた、韓国の古地図についての本も書けるだろう。関連資料はすでに手元にたくさんある。日本やヨーロッパなどへ出張するたびに図書館に通いつめて集めておいた。執筆する時間さえあったならとっくの昔に出版されているはずの本だが、あれやこれやの対外活動でずっと後回しになっていたのだ。

以前と同様、講演もできるだろう。ひょっとすると、オギの講演はこれまでとは違う形で感動を生むことになるかもしれない。オギの丈夫な四肢がなぜこうなったのか、それをどうやって克服したかを語るというわけだ。そんな想像がオギを昂らせた。だんまりを決めこんでいる四肢を耐えさせた。

「しばらくはヘルパー代だけでも節約しないとね」

オギはまさか、と叫びたかった。この体を義母に任せるだなんて、ぞっとした。オギは目をしばたたき続けた。

「ええ、ええ、わかってますとも。この年でこんな苦労をするなんてねえ。看病疲れでこっちが倒れちゃうかもしれないよ」

違う。義母は充分健康じゃないか。衰弱して病んでいるのは義母でなくオギの方だ。

「少しでも節約しないとね、少しでも」

そう言うと、義母は後ろも振り向かずに部屋を出て行った。オギは数え切れないほど瞬きをしたが、返事はなかった。ホイッスルを吹いても、ドアは二度と開かなかった。

ぎゅうと押し潰されたまま、車ごと崖を転げ落ちていく気分。あのときの方がまだましだった。あのときは、もはや一巻の終わりだと思っていた。怖ろしかったが、心穏やかでもあった。今は終わりではない。何かが始まるのだ。すでに多くを経験したと思っていたのに、これからさらに多くのことがこの身に起こりそうな気がした。それらはこれまでの苦しみとは比べものにならないはずだ。

10

庭にいるときの義母は、顔が隠れるほどつばの広い帽子をかぶっていた。腕に黒いアームカバーをはめ、足首のところがきゅっとしまったズボンを履いている。まるでかつての妻を見ているようだ。すべて妻の服だからかもしれない。

オギは左手でベッドの上半分を起こし、半ばベッドにもたれかかるようにして、庭で作業している義母を見下ろしていた。何をしているのだろう。オギのいる場所からはよく見えなかったが、土を掘り返しているようだ。かつて妻がそうしたように、またも庭づくりをしようというのだ。ヘルパーに代わってオギをまともに看病するのに時間を費やす気はないようだった。

義母はオギがいる部屋の辺りをちらりと一瞥すると、こわばった表情で顔をそむけ、再び作業に没頭した。オギが病院で意識を取り戻したころの義母はどこから見ても、初顔合わせの席で会ったときの義母だった。上品で思慮分別があった。このところの義母は、麻浦のマンションを訪れたときの姿だった。外で遊ぶ子どもたちにヒステリックな声を上げていたあの。

義母がやっと立ち上がった。痛むのか、ゆっくりと腰を叩きながら伸ばした後、丈夫な四肢を見せつけるかのようにぴんと伸ばして揉んだ。鎌を置くと、家に入って台所でしばらくごそごそし、ほどなくオギの部屋にやってきた。

義母はビニール手袋をはめて尿瓶を洗った。ヘルパーは何をするにも素手だったが、義母はオギが伝染病患者でもあるかのように、オギの使用したものにむやみに触れようとしなかった。尿瓶を洗い終わると、ヘルパーがそうしたようにオギのズボンの結び紐をほどいた。

オギは左手を振って、自分が望んでいないことを示した。オギの手は義母に届かないまま宙を泳ぐ。義母はおかまいなしだ。オギは脚をこごめようとした。膝を曲げようとした。当然そうはならない。仕方なく声をふりしぼった。自分にとっていたたまれないことなのだと伝えたかった。うめき声のように聞こえた。

オギの体を拭き、チューブに流動食を流し込みながら、義母は絶えず何か話していた。オギはそれを聞き取ろうと耳を傾けた。自分に話しかけているのだと思った。よく聞こえない。義母はひたすらつぶやき続ける。悪態をついているのかもしれないと思った。表情はこわばり、怒っているように見える。オギは義母がとっとと怒りを爆発させることを、オギの世話を投げ出すことを願った。義母の顔はこわばり、最初のころの優雅でやさしい微笑を完全に失ってはいたものの、大きな声で怒鳴ることはなかった。

オギがのろのろと流動食を吸入する間、義母はぼんやり宙を見つめていたかと思うと、小さな声で早口に何かつぶやいた。オギには聞き取れなかった。食事が終わると、義母が力みながら立ち上がった拍子に、そのひとり言が大きなボリュームで飛び出した。

「타스케테쿠다사이」

オギはそのことばを記憶しておいた。忘れないよう心の中で何度もくり返した。타스케테쿠다사이타스케테쿠다사이타스케테쿠다사이타스케테쿠다사이타스케테쿠다사이。

午後には救急車が来た。看護助手の手を借りてオギはストレッチャーで車に乗せられた。義母が同行した。義母は救急車に乗りこんで狭苦しい空間に看護助手と並んで座り、時折り汗に濡れたオギの髪をかきあげた。

病院に着くと、ほっとした。安全な世界に入った気がした。入院していた当時、オギを看てくれた看護師たちと挨拶を交わした。顔色がよくなったと言われた。やはり家がいいかとも訊かれた。義母が笑みを浮かべて、看護師とオギを交互に見つめた。オギはゆっくりと瞬きをした。

　長く退屈な検査が続いた。オギはたちまち疲れた。義母はオギにつきっきりだった。オギに劣らないほど疲労困憊した表情。検査室を移動するたびに義母はオギのストレッチャーを追いかけ、オギが検査を受ける間、待合イスに腰掛けて眠たそうに目を閉じていたかと思うと、靴底を引きずりながらまたもオギの後を追って別の検査室に移動するのだった。

　肩をだらりと下げて自分を追いかける姿に、オギはこの間に義母がめっきり老けこんだことに気づいた。病院で見ると、義母は上品でも優雅でも、愚鈍でも粗暴でもなかった。ただただすべてに疲れた老人のように見えた。

　三年前、義父が不整脈で急死したときも若さを保っていた義母だったが、娘を失ってからは、しかと握りしめていた人生の手綱を一気に離してしまったようだ。ぱっと見に五十代に見えていた外見も今は見る影もない。顔の輪郭に沿ってしみが目立ち、増えた白髪を染めずにいるので灰をかぶったように見えた。以前はシックな無彩色の服を着ていたが、今は明るい色の軽くて楽な服しか着ない。

　オギが任用されたとき、心から喜んでいた義母の姿が目に浮かぶ。妻以外にオギの任用を一番祝ってくれたのが義母だった。同僚からはほとんど祝ってもらえなかったオギだが、喜ぶ義母の姿に家族というものを実感した。結婚してから、義母は「孤児」だとか「ひねくれている」だとかいうことばを一切口にしなくなった。妻に、オギに近しい家族がいなくて「むしろよかった」と言った。妻が立て続けに妊娠に至らず落ち込んでいるときも、義母は妻よりオギを慰め労わってくれた。

オギに残された家族は義母ひとりなのだ。今になって、義母も同じなのだと悟った。オギと義母は互いに唯一の家族となった。むろん妻がいたなら、いつだって家族でない関係になっていたかもしれない。そうなるところだった。今は違う。オギと義母はそうなる機会を失った。永遠に家族でいるしかない。

義母とオギは家族にしか見せないだろう姿を露わにしつつあった。義母はオギの前で怒声を上げながらヘルパーを追い出した。どこの馬の骨とも知れない宗教団体の人々をぞろぞろ連れてきて、ありがたいと腰を折り金を貢いだ。しょっちゅう日本語でひとり言を言った。オギも同じだ。自分の体を義母に預けた。義母はオギの股ぐらを拭き、ただれないようパウダーをはたいた。いっぱいになった尿瓶を空け、小便の溜まった便器を洗った。妻が死んで初めて、彼らはかけがえのない家族になった。

医師はCT検査の画像を指しながら、予後がよいと言った。リハビリに集中すれば車イスにも乗れるようになるだろうと。もろ手を挙げて喜ぶことはできなかった。それはオギの耳に、どれほどよくなっても車イスに頼らねばならないということばに聞こえた。

それは回復しているということなのかと、義母が尋ねた。医師は淡々とした口調で、下半身は楽観できないと答えた。だが上半身の運動性と神経の回復を示す指標は確実によくなっていると言った。近いうちに右手で脚を掻くこともできるだろうという冗談を添えて。

「ここまでよくなったのもお義母さまのおかげですね。そうでしょう、オギさん？」

医師のことばに、オギはきょとんと天井を見上げた。義母がぼんやりと医師を見つめた。オギを見てはいなかった。オギは、医師から予後がよいと聞いた瞬間の義母を見逃さなかった。義母は怯えていた。そんな表情はかつて見たことがない。不安げで恐怖におののいているようだった。本当に自分がオギを回復させたのか、娘を失い、ひとり生き残った婿をこんなにも回復させたのか、これからもっと回復させるのか、本当に自分がそうしたのかと問い返しているかのようだった。そんな義母の表情を、今後幾度となく思い出すことだろう。オギを回復させるのではと怯える表情。これ以上よくならないでほしいと願う表情。

オギは口を動かして、看護師にメモ用紙を求めた。看護師は聞き取れなかった。左手で何か書くしぐさをすると、やっとメモ用紙とペンをくれた。

医師と看護師は急かすことなく、オギが何か記すのを待った。激しく震える左手で、オギはかろうじて数文字書き上げた。

「もっとはやくしゅじつ、で合ってますか？」

オギは瞬きした。

「とてもいいですよ、オギさん。たくさん書いてください。そうすれば左手ももっと丈夫になります。筋力がつきますからね」

医師がオギを励ました。

「今度の手術が終われば確実によくなります。ことばも少しずつ話せるようになりますよ」

オギはそれに期待していた。話せるようになること。瞬きではなく、まともに意思疎通すること。今は歩くよりそちらの方が大事だった。

「それにも練習が必要です。生まれ変わったみたいに、もう一度学ぶんです。赤ちゃんが話せるようになるまでには、ずいぶん時間がかかりますよね？　でもいつかはちゃんと話せるようになります。当然、そうなりますとも。左手で書く練習を続けてください。右手もよくなるでしょうが、運動機能を回復した方の手は、適応させるために常に動かしていてください。いいですね？」

医師が義母にも、オギにペンと紙を与えて意思疎通を図るようにと勧めた。義母が硬い表情でゆっくり頷いた。

「ちょっと見てみましょう、スケジュールが調整できるか」

医師が看護師と相談した。少々時間がかかった。

話せるようになれば、まずはヘルパーを雇うつもりだ。義母に自分の面倒を見させない。そして弁護士には、こういった場合の法的代理人はどうやって決めるのか相談するつもりだ。

医師のスケジュールは詰まっていた。オギの意向をくむとなると、予定されているほかの患者とのスケジュールを変更することになる。やりくりすれば一日程度早めることはできるという。

「一日でも早い方がいいですか？」

看護師が訊き、義母が「どうだい？」とオギを見つめた。年老いて疲れた表情で。オギが永遠に忘れないであろう、怯えた表情は跡形もなく消えていた。

義母はただただ老いて見えた。疲れきっているように見えた。突然娘を失うことがなければ、穏やかで優雅な老年を迎えていただろう。義母の言うとおり、婿の看病で体を壊し衰弱していくのは目に見えている。そういう年なのだ。

恐怖がオギを駆り立てる。義母の疲れた顔を見ていると、自分がどん詰まりにいることを認めないわけにはいかなかった。自分で自分の面倒を見られるようになるころには、オギは年老いた義母の世話をすることになるかもしれない。そうする意志は充分あった。

11

病院にいた初期のころ、オギは面会を断った。見るに耐えない顔、これでもかとふりしぼってやっとこぼれ出るうめき声、棒のような体を誰にも見られたくなかった。彼らと異なる身の上になってしまったことに腹が立った。だが、訪ねてくる者がいないと焦りを感じた。そのため、面会に来た人々にはひと通り会った。学長や教授陣に会った。同窓生にも同僚たちにも会った。彼らは一様に、オギがいるべき場所を思い出させてくれた。

しばらくすると、面会を断る必要がなくなった。誰も来なくなった。自然なことだったが、ひどく寂しかった。オギはしばしば、彼らが訃報を聞く様子を想像した。悔やみながらも、いち早くその空席を狙う姿が浮かぶ。そのためにも早く回復したいと思った。体がかちかちに固まってしまってもなお、オギは持てる側だったが、彼らはそうではない。

どうして一緒に押しかけてくることになったのだろう。Mを先頭に、S、K、Jが後に続いた。四人が部屋に入ってくるのを見て、オギは目を丸くした。オギが意識を回復した直後、彼らは別々の人々に混じって一度病院を訪れたが、それきりだった。もう一度見舞いに来たり、病院に電話してヘルパーや看護師に回復の程度を尋ねたりする者はいなかった。誰かが病院に問い合わせたか、自宅に電話して義母の承諾を得たのだろうか。義母はオギを驚かせようとずっと黙っていたのだろうか。

嬉しかった。彼らが今もなお自分に会いたがり、長い間顔を合わせていなくても憶えていてくれたことがうれしかった。ベッドに寝たきりで動けない体でも、オギは価値ある人間なのだと信じさせてくれた。一方、健康で無事で活気あふれる彼らの姿に、オギの気持ちは萎えた。彼らと顔を合わせていたくなかった。皆すぐに帰ってほしかった。少しもよくならない姿を見せるのは不本意だった。

病院で会ったとき、Mはオギの左手をずっと握っていた。SとJは初めはこらえていたが、オギが話せないことを知ると、子どものようにすすり泣いた。Kは驚いていることを悟られまいと、努めて平然を装った。なるべくオギを見ないようにして。

「待ちくたびれたって言ってますよ。なんで長い間来なかったのかって。皆に会いたかったって」

義母が好き放題に言った。オギは黙っていた。あごの人工造形物とプレートが気になった。

むやみに口を開けばよだれが尾を引いて垂れるだろう。

四人はオギのそばに並んだ。心持ち緊張した。黒服で祈りに来た人々に取り囲まれたときの気分に似ていた。自分のために集まってくれたのだが、なぜか冷やかされているような気になる。

オギが目玉を動かしただけで、義母は勝手に話をつくり上げて彼らに伝えた。学校は問題ないかとか、学期中で忙しいのではないかといった質問。短い問答ののち、会話が途切れると、「すぐに帰るわけでもないだろうに、つっ立ってないで座れって言ってますよ」とパイプイスを勧めた。こればかりはあながち間違いでもなく、オギは瞬きをした。

義母はいつにもましてうす汚い格好をしていた。この家に住むようになってからはいつも妻の服を着ていたが、今日に限ってよれよれで胸元にしみがついていた。義母は妻に比べてふっくらしているため、そでが短く、屈むたびに胴回りの分厚い肉がはみ出た。

「家まで迷わず来れたかって」

義母が訊き、来たことがあるとMが答えた。

「そうね、来たことあるわね」

義母がオギを見やりながらつぶやいた。そのことばで、オギは彼らが昔、庭でパーティーをした際に集まったメンバーであることを思い出した。

義母は皆をもてなしたい気持ちは山々だが、家は見ての通りの状態で何も用意できなかったと謝った。四人は一向にかまわないと手を振った。

「うちに来たことがあるなら、庭でお肉を焼いて食べたりしたんでしょうね。お酒も飲んだり」

「オギ先輩が皆に焼いてくれました」

Sが言った。

「焼くくらい誰でもできますからね」

義母の声がとげを含んでいた。

「それにしてもご立派なお母さんですね。これをすべて一人でこなしてるんですもの」

Mが空気を変えようと口を挟んだ。KとSも慌てて義母をおだてた。肌がきれいだとか若く見えるとかいうことばで。

「実のお母さんじゃないでしょ。義理のお母さんですよね?」

Jが言った。義母がJを見た。MとKが「義理のお母さんならなお素晴らしいじゃないですか」とつくろった。義母が大きな声で笑った。

「実の母親だろうが義理の母親だろうがねえ。この人にとっちゃ同じですもの。どうせ私しかいないんですからね。そうでしょ?」

オギは義母の視線をかわした。そんなことは気にも留めず、義母がことばを継いだ。

「この人も私も、ふたを開ければ同じ身の上なんですよ。同病相哀れむってね。私は未亡人だし、この人は男やもめですからね」

四人は黙って気まずそうに微笑むばかりだった。冗談なのかどうか判断がつきかねるというように。

「未亡人や男やもめもかわいそうなことばかりじゃないのよ。実はいいこともたくさんあってね。中でも一番いいことは何だと思う?」

義母が皆を見回しながら尋ねた。口数の多いSも様子をうかがいながら口をつぐんでいた。

「旦那に浮気されることはもうないってこと。あはは。浮気する旦那より早死にする旦那の方がずっとましでしょ」

義母が大笑いしながらオギを見つめた。楽しげな表情。オギは眉をひそめた。いびつな皮膚のせいではっきりわからないかもしれないが、最善を尽くした。自分が義母に同情していないことを四人に伝えたかった。

「じゃあ、男やもめにとっていいことは何だと思う?」

四人は今度も口をつぐんでいた。義母がオギに「あなたが答えられたらいいのにね」と言った。

「どんなに女遊びしても浮気にならないってことですよ」

義母がまたも大笑いした。涙を拭わなければならないほど長い間。四人はしれっとて知らぬふりをしている。

「それにしても悪いわねえ。何も出せなくて」

やっと笑い止んだ義母が言った。

「いえ、お構いなく」

「今日もお肉を焼けたらいいんだけど、見ての通り庭はあのざまでね」

「何か植えるおつもりなんですね」

Sが応じた。

「そうですよ。死んじゃいましたからね。みんな死んじゃいました。みいんな……みんな死んだんです。せっかく大切に育て上げたのに、あっけなく死んじゃいました」

少し休んでから、義母がことばを継いだ。

「生き返らせないとね、私が。みんな生き返らせないと」

「木を植えるんですか?」

「木?　そうね」

「大きな木を植えるんですね。とても大きい穴みたいですから」

「まだまだよ。もっと掘らないと」

「ずいぶん大きな木なんですね」

「木じゃありませんよ。池ですよ」

「池？　庭にですか？」

「生き物を放すのよ。生きてしっぽを振って、息をして、泳いで。そういうのをね」

「鯉とか、ですか？」

「すてき？　生き物が？　汚らわしいったらありゃしない。あの狭い穴の中で生きようとあがくんでしょうからね……」

義母の角立った反応に、相手をしていたSが口を閉じた。オギはSに向かって瞬きした。答えなくていいという意味だったのだが、Sは目を反らせて無視した。どういう意味なのかと訊きもしなかった。オギをいない人間として扱った。

「あんな所でもしぶとく生き続けるんでしょうからね」

「池は普通、庭の隅っこに……」

Kが S に代わって義母のことばに応じた。

「わかってないのね。日当たりのいい場所でないとだめなのよ。風通しもよくないと。となると、あそこしかないんですよ」

義母のとげとげしい反応に、Kもまた口を閉じた。黙っている方がましだと考えたようだ。

「ジュースでも持ってきましょうか」

「いえ、オギの顔を見られただけでいいんです」

Mが手を振って遠慮した。

「絶対になにか振る舞えって言ってるわ、婿が。そうしてくれって。そうでしょ、そう言ってるのよね？　楽しんでってほしいって」

義母が唐突に部屋を出て行った。キッチンの方で何か取り出しているのかカタカタという音が聞こえてきた。

四人は渋い表情で顔を見合わせるだけで、誰も口を開かなかった。やがて義母が大きな盆を手に入ってきた。そこには酒瓶とグラスが並んでいた。

「参ったわ。家のことを放ったらかしにしてたら、残ってるのはこれだけなんですもの。ジュースがないってことにも気づかなかったなんてね。仕方ないわね。水を出すわけにはいかないでしょう。これでも一杯ずつ飲んでちょうだい。さ、どうぞ」

Mがどぎまぎしながら義母の差し出すグラスを受け取った。流れに乗るより仕方がないと判断したようだ。Mに続いて残りの面々もグラスを取った。

酒は安物だった。ヘルパーの息子にずいぶん飲まれたといっても、まだいい酒がかなり残っているはずだが、あえて安物を運んできたようだ。オギが買った覚えもなく、酒にうとい学生からのプレゼントをしまって置いたものだろう。

四人の持つ大ぶりのグラスになみなみとウイスキーが注がれた。義母に勧められ、仕方なく乾杯した。通訳を買って出た義母は四人が困った表情を浮かべるたびに、オギが望むことだからと言い含めた。

「お嬢さんはどう？　お酒が好きそうね」

義母がJに訊いた。Jのグラスは少しも減っていなかった。

「飲めないんです」

「慣れればなんてことないわ。気分よく飲めばそれでいいじゃない。そうやって酔うこともあれば、酔ってもたれかかることもあるし、もたれかかることがあれば抱かれることだって……」

義母がぷっと噴き出した。皆気まずそうに合わせて笑ったが、Jはますます顔をこわばらせた。

「私ったら年甲斐もなく何を言ってるのかしらね。いやね、年を取ると。抑えが効かなくなって。見境なくしゃべっちゃうんだから……」

ゆっくりしていってくれと言い残して、義母が出て行った。四人はやっと、幾らかほっとしたように表情を和らげた。

Sが口火を切った。はじめはオギに聞かせるために科内の出来事をあれこれ話していたが、まもなく自分たちだけで会話し始めた。オギは自分を差し置いて話に花を咲かせている彼らを見つめた。誰一人オギのことなど気に留めていない。

何か言いかけたSがぎくっとしてオギを振り返った。Sは動揺を隠せないでいる。Jもまたオギの視線を避けた。決してオギと向き合わないとでもいうように。オギは目を見開いた。Sが言いかけたことばが何なのか気になった。と同時に、知りたくもなかった。知ってしまえば胸くそが悪くなるに違いない。

「教授たちは皆お前のことを心配してる」

困り果てているSの代わりに、Kがあくまで話題転換を図るように言った。オギはゆっくりと瞬きした。KはSのようなミスはしなかった。ただただ話したいことを話した。自分がオギに科の近況を伝えるほどの立場になったことを隠さなかった。Sが言いかけたことをKが言い切ったというわけだ。

話の内容がわかると、オギは腹立ちを覚えた。何事もなかったように回り続ける世界に怒りがこみ上げた。自分が顔を引き裂かれ体を押し潰されて寝たきりでいる間、人々は見ろといわんばかりに人生を歩み続けている。オギの負傷は世界にいかなる狂いももたらさなかった。毎日ベッドに横たわって用を足し、汗をかきながら排便し、床ずれを気にし、実際に床ずれができ、薬漬けになって朦朧とする中、せいぜい天井をにらみながら無為な日々を送っているのはオギひとり。彼らの人生には不意の交通事故も、それによる障害も決してないのだ。それはよりによってオギの身に起こった。オギの世界だけが崩れ落ち、オギの人生だけがずたずたに引き裂かれた。

気まずい空気のせいか、皆はグラスを空けたきり、ぼんやりと座っている。何かしなければ。怒ってばかりはいられない。四人はまもなく帰るだろう。

オギはJに、か、み、と口の動きで伝えた。左手で何か書くしぐさをして見せると、Jがバッグから手帳とペンを取り出した。オギはJに手を支えられながら、手帳に字を書き連ねていった。Kが緊張した面持ちでオギの指先を見守った。

ふと、この紙に書けるのはこれきりだという気がした。義母が多くの時間を与えてくれるはずがない。訊きたいこともたくさんあり書きたいこともたくさんあったが、何より先に頭に浮かぶことばがあった。ふとした拍子に思い出したのではない。オギはそのことばをずっと頭の中でくり返していた。

時間をかけて一文字ずつ書くたびにSがそれを読み、合っているかオギに確認した。オギが五文字目まで書いたとき、Sが順に読み上げた。

「타스케테쿠다사이？」

まだ書いていない部分まで見越してKが大きな声で言った。オギは瞬きをした。当たりだというように、左手の人差し指と親指で丸をつくった。

「タスケテクダサイ？」

Kが怪訝そうに訊き返した。

「助けてくださいって日本語だよ。オギ、そう書いたのか？」

全員がオギを見つめた。Mが「どういうことだよ。助けてくれだなんて。もう少し書いてみてくれ」と真剣な顔でオギをせっついた。

もう書けなかった。書きたいことが多すぎた。義母がどういうつもりで助けてくれとつぶやき続けているのか考えたかった。オギが崖っぷちに立たされていることを意味しているのだろうか。助けを請わなければならないほど差し迫った状況であることを当てこすっているのだろうか。いや、違う。単なる口癖のような気がした。よりによってなぜそんなことばをつぶやくのだろう。

ゆっくり考える間もないまま、義母が部屋に入ってきた。Jが手帳とペンをさっとバッグに戻した。

「お邪魔しますよ、お客さんがいてもやることはやらないとね。ごめんなさいね、ちょっと待ってくださいよ」

義母は今日に限ってビニール手袋もはめずに、ベッドの下から尿瓶を取り出した。色素を加えたかのように黄色い尿がプラスチックの口の辺りで波打った。

四人は今になって部屋に漂っていたにおいの正体に気づいた様子だったが、表情を変えないよう努めていた。オギは思い切り顔をしかめた。ぶら下がった皮膚が自分の気持ちをうまく表現してくれるかは疑わしい。義母が便器に中身を捨て、洗面台で派手に洗う音がそっくり聞こえてきた。

義母は洗った尿瓶をベッドの下に置き、人がいることなど忘れたようにオギの前をはだけた。オギは左手を持ち上げて義母を制そうとした。義母が片手で彼の左手を押さえつける。Jが、ああ、という静かなため息をもらして顔を背けた。義母はいっこう平気な顔で、チューブがつながれたオギの性器の周りを濡れタオルで一度、乾いたタオルで一度拭いた。

「寝たきりなんだからこうでもしてあげないとね、そうでしょう?」

Jが硬直した顔で義母をにらんだ。義母は平然と作業をやり終えた。

オギは前をはだけた格好のまま放尿しまいと努めた。だがオギの痛切な願いはまたも届かなかった。空の尿瓶にポト、ポト、ポト、と垂れ落ちる尿の音がつぶさに耳を打つ。

オギは目を閉じた。義母は目的を果たすと、やっとオギの左手を解放してくれた。四人は押し黙っていた。誰も口を開かなかった。

「そろそろおいとましましょう」

やっとJが切り出した。残りの三人は長い間それを待っていたかのように急いで席を立ち、オギに通りいっぺんの挨拶をした。早くよくなってくれ。また顔を見にくるね。

オギは押し黙っていた。彼らに目もくれなかった。彼らが部屋に入ってきたばかりのとき、嬉しさのあまり挨拶代わりに目を見開き、目玉を転がし、うめき声を上げたことを恥じた。

義母が玄関を開けに立った。部屋を出ようとしていたJが取って返して、オギの耳元で言った。

「お義母さんが皆を呼び集めたのよ。私に電話してきたの」

オギは左手でJをつかんだ。ぎゅっとつかんだ。ま、た、き、て、とゆっくり言った。伝わったのだろうか。Jが頷いた。

それ以上の会話はできなかった。ぐずぐずしているJを連れに義母が戻ってきた。義母は今まさにオギから離れた彼女をじっと見つめている。彼女が部屋を出て行くと、オギに近寄って尋ねた。

「ちゃんと挨拶したかい。次はいつ会えることやら……私がちゃんと見送ってくるから心配はいらないよ」

義母がドアを閉める手を止めて付け加えた。

「そうそう、学校には辞職届を出しておいたからね。いつ回復するかもわからないのに、学生に悪いじゃないの。その子たちだってちゃんとした先生に教えてもらわないとね」

義母が音を立ててドアを閉めた。

オギは窓から四人が門を抜けて出るのを見守った。四人が出て行くと、鉄の門が固く閉ざされた。

義母はすぐに中に入らず、そこかしこに穴が掘られているという庭をゆっくりと見渡した。そうして後ろを振り返り、オギがいる方を見据えた。闇が義母の顔を黒く焦がしている。義母はしばらくそこに立ちつくしたままオギをにらみ続け、やがて妻とオギが敷いた敷石の上を子どものように飛び跳ねながら家に戻った。

家に残されたのはオギと義母だけ。これから長らくこのままだろう。義母は多くを知っている。知っていることを隠さない。ひょっとしたら、妻が知っていると信じていたことを、そっくり知ったのかもしれない。問題はオギが、妻が一体何を知っていたのかをよく知らないということだ。

12

朝から作業員が庭に押しかけてきた。まもなく彼らが門のある方から姿を現して初めて、オギは家屋の脇にあったクスノキが引き抜かれたことに気づいた。狭い庭に似つかわしいとは言えないと造園屋の主人に忠告された木だ。それでも妻は我を通した。

家屋の左手に植えられたその木は、造園屋の言うとおり葉は鬱蒼としていたが、枝のしなやかな曲線が、直線のみで形づくられた家屋となかなかよく釣り合っていた。心配をよそに木はぐんぐん育ち、柔らかく見栄えのいい緑の葉をよく茂らせた。

作業員はその木を門の脇に移した。クスノキの隣には白木蓮を二株、枝が触れ合うほどくっつけて植えた。クスノキほどではないが、白木蓮も根株が太く枝付きが良い。生長のためというより、家屋を隠すための移植のようだった。

悪く考えすぎかもしれない。門の脇に実のなる大木を植えることは田舎でも珍しくない。

義母の庭づくりは妻のやり方とはまた違っているために、不自然に思われるのかもしれない。そう考えようとしてもうまくいかなかった。義母はたんに垣根を築いているのではないか。低い鉄柵越しに庭をのぞいていた人たちも、これでは木に視界を遮られてしまう。何より、オギの目には木しか映らなくなるだろう。通りすがりの隣人たちを遠目ながら観察することさえできなくなる。果物や野菜を売りにくる軽トラックや、それに集まってくる隣人を眺めることもできないだろう。

作業員が帰ってからも、義母はずっと庭で何かしていた。オギが見下ろす窓からは義母がどこにいるのか、何をしているのかよく見えない。時折り音だけが聞こえた。硬い地面をとがったもので叩く音、土をすくう音、シャベルを地面に突き刺す音。

あるときは一切の音が消えた。義母が庭を出て行ったのだろうかと思うほど静かだった。そんなときは、義母は家の中にいるのだろうかといっそう耳を澄ませた。家のどこで何をしているのか気になった。そんなオギをあざ笑うかのように、やがて庭の方から再び音が聞こえてくるのだった。

理学療法士に玄関を開けてやるときの義母は妻とそっくりだった。妻が庭仕事をするときの服を着、帽子をかぶり、シャベルを手にしているからだ。

理学療法士が部屋に入ってくるなり、オギは口をもごもごさせた。紙とペンをくれと言った。声を出すのはうまくいかないが、口の形で伝えるとどうにか通じた。義母にそうしてみたことはない。義母はいつでも自己流に解釈した。

（病院に行きたい）

「病院ですか？」

オギが瞬きする。

「どうしたんです？　どこか痛むんですか？」

今度も瞬きした。そうすれば理学療法士が何かしら問いかけてくるだろうし、もしかしたらその中にオギの言いたいことが含まれているかもしれない。

「いやあ、それでなくてもお義母さまに言ったばかりなんです。もっとお邪魔させてくださいって。リハビリってものは、今みたいに飛び飛びにやってちゃ絶対にいけません。これじゃよくならない。実際、ご主人もそう思うでしょう？　大してよくなってる気がしませんよね。違いますか？」

オギが頷く。

「でも、お義母さんはちょっとためらってらっしゃるみたいですね」

オギの狙いはそこだった。義母に関する話。

「確かに通いとなると高くつきます。安くして差し上げたくても、僕にもキャリアがありますし、真面目だという評判もあって、料金が上がってしまいましてね。僕の勝手で値引きしたりすることは許されないんですよ。この業界にもそれなりのルールがありますからね。値引きすると後になって同業者に怒られちゃうんです。そんなのどこから漏れるんだって思うでしょうが、不思議ですよね、みんなばれちゃうんです。人づてにつながっていく仕事だからでしょうね。誰かに紹介するとき、必ず料金もおっしゃるんです。私が特別に、そのお宅だけ安くして差し上げたのに、どうして言っちゃうんでしょうねえ。それはないでしょって話です」

オギはもう一度、びょ、う、い、ん、と口を動かした。

「ええ、ごもっともです。ご主人はそうお考えになるかもしれません。もちろん病院で器具を使ってリハビリをすれば、もう少し早く治るかもしれません。でもご主人も、病院にいる間それをおやりになりましたよね。理学療法も受けられたはずです。患者は十人もいるのに、そこに付いていてくれるのはたった二人でしょう？　まったく話にもなりませんよ。患者さんたちはとてもナイーブですからね。痛みの原因は皆さん違います。一人ひとり、リハビリする部位が異なりますよね。実は今日、ハンドロールを持ってきたんです。ご主人は今、右腕の筋肉が弱くなっているので、ぜひこういった器具をお使いになってください。前回、脚に補助器を添えて差し上げたのも憶えてらっしゃいますよね？　関節運動の際に体位を維持するには、あれが欠かせないんです。こういうのって、地味に細かいんですよね。扱い慣れてる人にしか使えないんです。でも病院はそうじゃありません。ご存知でしょう。ご主人もリハビリのせいで太ももがぱんぱんに腫れたんでしたよね？　それじゃいけません。完全にその理学療法士のミスですよ。ご主人のような方は関節に感覚がありませんから、激しい運動をすると靭帯が伸びてしまいます。ひどいときは病気になりますよ。異所性骨化症ってのがそれです。実を言うと、いつもご主人のことが心配でしてね。ここに来るときだけじゃありません。来る道すがら今日は何をして差し上げようか、帰り道には次回はあれをして差し上げよう、そんなことを考えてるんです。ご主人は上半身を強化する運動を続けなきゃなりません。かといって下半身をあきらめたってわけじゃありませんよ。誤解しないでください。早い方から先にってことです。だから僧帽筋、広背筋、首周りの筋肉、こういったところを継続的に運動させてるんです。おかげで頭を動かすのも前より楽になったでしょう、ね？　なのに病院病院って言われると寂しいじゃないですか。病院に通うのもずいぶんお金がかかりますよ。そのたびに車を予約しなきゃならないわ、付き添いの看護助手は必要だわで大わらわです。実際、通院にかかる費用よりは私の方がお安いんですよ」

オギは長く退屈な彼の話を聞き続けねばならなかった。その話ではないのだと、左手を振ったり頭を振っても無駄だった。彼は頑なにオギの意思表示をはねつけた。

「ただでさえご主人に回復の兆しが見えないから、ずっと気がかりだったんです。回復のお手伝いをしたいのに、いつまで経っても力が入らないのは、私のせいじゃないかって。こう見えて責任感が強いんですよ。一度任された患者さんは最後まで責任を持ちます。できるならご主人をすぐにでもがばっと起き上がらせてあげたいですよ。嘘じゃありません」

オギはじっと彼を見た。口が利けるなら礼を言っていただろう。彼はオギを無視しなかった。全力でオギを説得しようとしていた。決定権はオギにあるのだというふうに。

「私が気に入らないならおっしゃってください。関節の運動ってのは痛みを感じることもあります。ご主人の場合は感覚がありませんから、私がうまいのか下手なのかよくわからないかもしれません。どっちにしろ、私を信じていただかないと。マッサージだって、痛いほど強くしちゃだめなんですよ。要領よく、力を入れずに、やさしくやってるようでも、テクニックが必要なんです。私はずっとそうやってきましたよ」

理学療法士は今や泣きすがるかのようだ。

オギはもう一度紙を頼んだ。理学療法士がすぐさま手帳を広げる。オギは焦りを感じた。彼は今、オギが会うことのできる唯一の人間なのだ。オギは今度は「ギボ　ヘン」と書いた。四文字書くのにかなりの時間を要した。理学療法士は「ヘン」という字を解読できず首をかしげた。

「ギボ、イン？　ヘン？　ヘソ？　なんて書いたんですか？」

オギが口の形で伝えた。

「ああ、ヘンですか。ギボ、ヘン。どうりで……」

多少なりともほっとした。理学療法士は義母のおかしな行動に気づいているようだ。彼は比較的コンスタントに家を訪れているし、そのたびに二時間ずつ滞在した。少しずつ暗くなっていくオギの家と放置されたオギを見て、並々ならぬものを感じたはずだ。

「本当にちょっと変ですよね」

オギは頷いた。

「ご存知ないでしょう？　庭のことです。ものすごく大きな穴を掘ってるんですよ。ここからも見えるのかな」

理学療法士が窓辺に立った。体をめいっぱい右に寄せて立つと、「ここからはよく見えませんね。穴ですよ。ものすごく大きな……」と言った。

誰もが穴の話をした。穴がどれほど大きく深いのか、それを義母がいかに熱心に掘っているか。

「この頃は特に変ですね」

その程度でも理学療法士が理解してくれるのが嬉しかった。

「毎日ああしてばかりのようです。少し休まれた方がいいと思いますがね……さっきもここに入ってくるとき、滝のような汗を流しながら地面を掘ってました。お気づきでしょう？　最近はすっかり痩せてしまって。どこか悪いんじゃないでしょうか。ああやって休みを取らずに汗を流し続けるお年寄りに限って体を壊すんですよ」

オギは違うのだと手を振った。理学療法士はよそ見をしている。

「お義母さんを心配なさってたんですか。病院に行った方がいいとお考えなんですね？　私が伝えておきます。ご主人がとっても心配なさってるって。私も止めてはみたんですがね。人を使えば済むことですから。なんなら私にお任せいただいてもいいですよ。私は時間単位で働いてますが、事情をおっしゃっていただければそれくらいはまけて差し上げられます」

ため息をつきたかった。空気を吐ききって肺をなだらかにしたい。体から空気という空気を抜いてしまいたかった。

「なんだってあんなに大きな池をご自分でつくろうと思ったんでしょうね。あんなふうに無理してたら、いつか大変なことになりますよ。どちらかというと、ご主人より危険だと思います。お年寄りは何かと急にきますからね」

理学療法士がゆっくりとオギの体をマッサージする。古木のような自分の体を見下ろしていたオギは、左腕を持ち上げてがぶりと噛んだ。痛みはない。さらに噛んだ。噛み続けた。

どうしてもあごに力が入らない。今度は左腕をベッドの手すりに打ち下ろした。痛い。もう少し強く打ち付けた。理学療法士が驚いて止めなかったら、オギは骨が折れるまで腕を振り下ろしていたかもしれない。前腕部が赤く腫れあがっていた。満足だった。体が痛みを感じそれに反応することに。自分が感じる苦痛はせいぜいそれくらいなのだということに。

帰り際、理学療法士は庭で義母と立ち話をした。彼は控えめかつ朗らかな表情で義母と向き合い、何度も腰を折って挨拶した。しまいには手帳を取り出して、オギが書いた文字を見せてやった。義母はそれを見ると、理学療法士が何やらまくし立てている間、オギがいる部屋の方を見つめていた。

義母が家の中に入ってくる音に、オギは深く息を吐いた。義母はまっすぐにオギの部屋にやってくると、明かりも点けずにそばに寄った。闇が義母の体を膨らませた。

「ありがたいこと」

義母が掠れた声で言った。暗がりで見ると、ほうれい線の下から丸みを帯びた肉が垂れ下がっている。

「そんなにも私を気遣ってくれてるなんてね。私が体を悪くしないか、寿命を全うできないんじゃないかと思ってるのかい？　そんな体になっても私の心配をしてくれるなんて、ありがたいことだよ。でも、そういう話は直接私に言ってくれなきゃ。そのほうがずっとありがたいじゃないか。これ、なんて書いてあるんだい?」

義母がくしゃくしゃの紙をオギの目の前に突き付けた。

「ギ、ボ、ヘ、ン。合ってるかい?」

義母は暗がりの中でじっとオギを見据えた。オギは少し前からずっと心の中でつぶやいていたことばをくり返し唱えた。タスケテクダサイタスケテクダサイタスケテクダサイ。

「他人が見たらすっかり誤解しちゃうだろうよ。義母が変になったって言いたいのか、義母が変な行動をするって言いたいのか、よくわからないからね。義母が変だって言うのなら、体が変なのか頭が変なのか。これじゃさっぱり通じやしないよ。まだわからないのかい。私が何を望んでるのか。あなたが回復すること。それ以外に何があるってんだい。娘はそれを望んでるはずだ。私がそれをやって見せる。娘ができなかったこと、娘がやろうとしていたこと、娘がやりたがっていたこと、それを私がやり遂げなきゃね。やって見せるよ。知っての通り、私には娘がすべてだったからね」

義母は話をどんどんひとり歩きさせたのち、とうとう泣き出してしまった。子どものように大きな声で。義母が涙を見せるのは久しぶりだった。オギは済まない気持ちになった。たんに娘を失くした老人の気まぐれを誤解していたのだろうか。時として義母は見るからに弱々しく、健康の衰えた老人のように見えた。オギが疑いを抱いたり敵意を感じるには当たらないと思えるほど。今がそうだ。

だがほとんどの場合は違った。オギが恐怖と不安を感じて当然というように振る舞った。決してオギの回復を願っているようには見えなかった。理学療法士は車イスを使うよう勧めた。左腕の筋肉に加え右腕の機能を回復させるには、つらくても両手の運動を続けなければならないと。義母はオギが車イスを使うことに反対した。家の中には車イスの行き来を阻む段差が多いうえ、自分がオギを車イスに座らせたり連れて外出するのは体力的に無理だと。理学療法士は納得した。オギはベッドから出られなかった。

義母は理学療法士に教えられたマッサージ法も使った試しがない。床ずれを防いだり筋肉をほぐすためのものだったが、どうにも腕に力が入らずうまくマッサージできないのだと。理学療法士はそんなこともあるだろうと言った。教育を受けたヘルパーの役割だと。ヘルパーは来ない。おそらくこの先も来ないだろう。

義母はしょっちゅう食事の時間を忘れた。薬もほとんど与えてもらえなかった。朝に一度流動食をくれたきり、夜遅くまでオギの部屋をのぞかないこともある。そんなときは、一日中のらくらしていたら空腹なのかどうかもわからないと一人ごちた。オギに聞かせるためのことばだった。

オギは義母が泣きやみ、またも険しい表情で自分をにらむのを見守りながら、少しでも済まないと思ったことを後悔した。

「私には娘しかいない、あなたには私しかいない。それをわかってもらわないと」

義母はそう言い放ち、そのまま部屋を出て行った。

オギは闇に覆われた天井を見つめながら、Jがまた来るかもしれないと思った。Jはそう約束したし、約束をよく守る人間だった。それに、数日後には手術を受けに病院に行く手筈になっている。病院に行ったら、看護師の手を借りてJに電話すればいい。Jなら今も変わらずオギを助けてくれるだろう。弁護士に相談して新しい法定代理人を立てることもできるだろう。

そんなことは起こらなかった。Jはやって来なかった。オギは日がな一日窓の外に目をこらして、門に近寄る人影はないか見守った。この数日、門をくぐる人間は、時折りスーパーに出かける義母だけだった。

Jはオギのことばを理解できなかったのかもしれない。いつ頃また出向くか、誰と一緒に行くかと思いを巡らせているのかもしれない。オギはそう考えることで心を落ち着かせた。Jは来ないのだと思うと耐え難かった。

入院予定日になってもオギを病院に運ぶ車はやってこない。木に遮られた門の向うを走る車の音に心をはやらせては、そのまま通りすぎていく車の音にがっかりする、一日中そんなことのくり返しだった。どんな車も家の前で止まることはない。深夜零時を過ぎるまで誰も来なかった。隙間なく並べられた木々の間から、車が放つ明かりが時折り漏れてきたが、オギを運びにくる車の明かりではなかった。

翌日の午後になってやっと、義母はビニール手袋をはめて尿瓶を空けにきた。オギは口の形で、ビョ、ウ、イ、ン、と言った。義母はじっとオギを見下ろしている。オギはもう一度、病院、とゆっくり伝えた。

「がっかりするかと思って黙ってたんだけどね。先生が事故に遭ったんだよ。交通事故。やれやれ、お医者さんでもそんな目に遭うなんてびっくりだね。なんてことはない、医者だって癌にもなればボケることもあるんだってねえ。言われてみればそりゃそうだ。病気は職業を選ばないんだもの。想像してごらんよ。ボケた医者なんて。自分がボケてることも知らずに患者を診てるなんて、ぞっとするだろ。知っての通り、主治医はむやみに変えるもんじゃない。幸い、交通事故って言ってもひどいものじゃなかったそうでね。あなたみたいに寝たきりにはならなくて済んだみたいだよ。だけど治療が必要らしくてね。当然、診療はしばらくできないだろうよ。全治十二週だってさ。その間は手術もままならないだろうし。ぶるぶる震える手でメスを持つわけにはいかないものね。誰か殺しちゃったら大変じゃないか。だからかまわないって言っておいたよ。あなたの手術を少し延ばしてもいいって。一刻の猶予を争うってわけじゃないからね。一秒でも早く手術をしなけりゃ命が助からないわけじゃないだろう。今すぐ手術を受けなくても、どっちみち生きてるだろうさ。十二週間後も生きてるだろうし。違うかい？　手術が遅れても死なずに生きてるなんて、こんな幸運はないよ」

オギはそんな偶然が可能なのかと問いただしたかった。言うまでもなく可能だった。実際、以前もあったのだ。よりによって、またもやオギの身にそんな偶然が起こったことが信じ難くはあるが。

ずっと昔、こんなことがあった。二度目の体外受精を前に、主治医が交通事故に遭った。妻は病院からの勧めで担当医を変えた。スケジュールどおりに施術を強行したが失敗に終わった。おまけに妻は施術の際に不快極まりない経験をした。軽率な話し方をするタイプの医師に、ひどく侮辱された気がしたのだ。その後、妻は二度と施術を受けなかった。子どもをあきらめたのだ。妻はそれを義母に話したことだろう。妻はひどく傷つき、不妊は自分のせいではないと言いたがった。

「理学療法士のことだけどね。しばらく来なくていいって言っといたよ。あんまりおしゃべりが過ぎるようだからね。時間単位でお金をもらってるくせに、口ばかり動かしてるのを何度も見かけたよ。我慢にも限度があるさ。時間さえ埋めればいいってもんじゃない。信頼できる人をまた探さないとね」

ヘルパーを追い出すときも、義母はそう言っていた。また探すと。だが職を求めて訪ねてくる者はひとりもおらず、義母もまた人を探すことなどなかった。

オギはヘルパーに続き、理学療法士も失った。失ったものはそれだけではない。すべてを失うことになるとも知らないまま、どれほどの無駄な時間を人生に捧げてきたのだろう。

13

窓にへばりついていた男が、オギに気づいてぎくりとした。部屋に誰もいないと思っていたようだ。オギは男が鉄格子をはめるのをぼんやりと見つめた。どこにでもあるような格子型の窓格子だ。格子の間隔は狭い。義母は万一の場合に、オギが窓から脱出を試みるかもしれないと思ったのだろうか。その考えはオギをひどく不快にさせたが、なぜこれまで一度もそうすることを思いつかなかったのかと後悔するに及んだ。

男が帰ると、今度は義母が窓の前に現れた。義母はオギの窓辺に伸び放題になっていた蔓を鉄格子に巻きつけた。今時分の気候なら、オギの窓はたちまち蔓に覆われてしまうだろう。窓まで奪われてしまえば、オギに残されるのは慣れ親しんだ、においのしみついたこの部屋がすべてだ。部屋を見回していたオギは、サイドテーブルに電話機に代わる何かが置かれているのを見つけた。青白い磁器が二つ、並べて置かれている。昨日までは確かになかった。昨夜のうちに義母が忍び入って置いていったようだ。

ずっと前に失態を犯したことがあるが、今は目にするなりそれが何なのかわかった。義母の家にあったものと同じものかはわからないが、形は似ている。なめらかな丸い本体に蓋の付いた、青白い磁器。

あなた《チャギ》、あれ、磁器《チャギ》なんかじゃないわ（韓国語で「自己（チャギ）」は自身を指すが、恋人など親しい人を呼ぶときにも使われる。また、「自己」と「磁器」の発音は同じ）。そんな冗談を言っていた妻の声が聞こえる気がした。オギはそのことばをくり返してみた。むなしい息遣いだけが短いため息のように漏れた。そんな冗談を言い合っていた頃は少なくとも、オギには自分以外にもう一人の「自己《チャギ》」がいた。妻にも同様に。相手を「チャギ」と呼ぶのはとても照れくさかったが、そう口にしてみると、自分と妻が一緒くたになっているような気になった。「チャギってどうしてそうなの」ということばを、オギと妻はよく使った。この甘ったるい憎まれ口は、相手へのことばというよりお互いに向けてのことばだった。妻やオギは、自分を責めるときにもこのことばを使った。

旅先へ出発したばかりの頃のやさしく節度あることばは、しだいに減っていった。妻は車内を埋める沈黙をオギのせいだと考えているようだった。最初はたんに不満気な態度を見せるくらいだったが、やがて怒りをぶつけ始めた。オギもあるとき、堪忍袋の緒が切れた。妻が別れを切り出したからだ。オギは別れないときっぱり言った。二人が別れたところで得する者などいない。オギはそれを知っていたし、妻も知らないわけではなかった。

妻が欲したのはそこだったのだろうか。たんにオギを怒らせたいがために、自分が知っていることを話し始めたのだろうか。すべてを失わせてやる、と妻は言った。自分がそうしてみせると。妻は充分そうし得る人間だった。

だが妻にはできなかった。オギ自らその結果を招いた。交通事故に遭ったこと、その事故で回復不可能な重傷を負ったことを言っているのではない。ずっと前から、ひょっとすると人生というものがわかりかけた気がした頃から、生を営んできたと同時に、失ってきたのかもしれない。時々こんな気分になった。何事も充実しているが、しきりに何かを失っているような。だから余計にがむしゃらになった。

オギははっきりしておきたかった。Jとの関係をすべて否定した。妻はかまをかけてみただけかもしれないのだ。だが妻がつかんでいる事実があった。ホテルの名前をいくつか挙げながら勝ち誇った表情を浮かべた。ついにオギから自白を得られるものと思っているようだった。自分の確信が正しかったことを、無駄な疑いではなかったことを喜ぶ表情。それを前にして、弁解を続ける気など失せてしまった。オギは観念して、Ｊとはとっくの昔に終わっていると打ち明けた。そんなことは二度と起こらないと誓った。

大昔に終わったこととの後始末を今になって迫られるという状況に呆然とした。Ｊとの関係は、オギにとってはもう手のほどこしようのない過去のものだ。それは確かにオギのものだったが、自分の過去から不意打ちを食らわされた気分だった。

妻は前にも何度かＪの話を持ち出したことがある。オギは当初、注意深く聞いていなかった。たまたま鉢合わせて食事をしたことや、連れ立って地方の学会に赴いたことなどは話すに及ばなかった。秘密だからではなく、妻がいつからかＪを意識していることを知っていたからだ。話さなくとも、自ずと妻の知るところとなった。ほかの話をしていたはずなのに、うっかりＪの話が飛び出すことがあった。秘密でないのだから、隠さなかった。そういうとき、妻は根掘り葉掘りオギを問い詰めた。ほかにも何か隠しているのではないかと疑った。オギはそのたびに言い訳がましい自分を感じ、なおさら妻に聞かせにくい話が増えていくのだった。

妻が一層あからさまにＪを疑ったのは、庭でパーティーをした翌日からのことだ。妻はその日、リビングにいるＪとオギを見たと言い張った。Ｊが酔っ払い、オギは彼女を支えてリビングに入った。オギは知らなかったが、酒を取りに妻も二人の後に続いていた。オギは背後に妻が立っていることにも気づかず、Jがソファに横たわるのを助けた。Jとオギの間には長い友情と同僚愛にはぐくまれた親しみがあった。オギはそれを別の感情と取り違えることがあったし、Jからもしばしば同じ感じを受けた。やがてソファに横になったJが目を閉じた。オギはめくれ上がったJのジャケットを直してやった。そのまま立ち去ることもできたが、しばらく立ったまま彼女の寝顔を見ていた。ある感情に揺さぶられ、何か言いたかったが、やめた。それがすべてだ。オギはすぐに皆のいる庭にとって返した。

妻は、彼がJを抱きしめてキスしたと言い張った。オギは笑った。そんなことは起こらなかった。突然の妻の横暴、庭の土を掘り返し、オギの同僚たち、ことのほかJを蔑むようなことばを吐き捨て、やたらめったらオギを責め立てていた怒りと苛立ちが妻の誤解によるものだとわかると、力が抜けた。その時分の妻は何か理由があって怒るのではなく、突然、抑えきれずに、激しく怒りをぶつけてきた。

妻は想像したものを見ていた。あるいは未来を。妻が目撃したと言い張ることは、その日起こらなかった。実際に起きたのは、その日からずいぶん経ってからのことだ。

「見間違いだよ」

オギはくり返し言ってきた。その日あったこと、オギがしたこと、Jがしたことを思い出すままに話した。嘘をつく必要はなかった。何もなかったのだから。それなのに、都合のいい嘘のように聞こえた。何もなかったことははっきりしていたが、細かい部分や順序について、オギの記憶はそのつど少しずつ変わった。変わることだってあり得た。だが妻は、自身の記憶も変わり得るということを受け入れなかった。

その日何もなかったというオギのことばを、妻は信じなかった。オギがさすがに話し疲れた頃になって、わかったと頷いた。オギを信じるというより、見守るつもりだというように。思えばオギは、絶えず妻に疑われ続けていた。妻はオギを無責任だと考え、ひっきりなしに誰かに恋愛関係を迫っていると言い張った。たびたび、あなたは変わってしまったと言い、見損なったと吐き捨てた。

オギのことを、名声を上げるのに必死で、家族を顧みないと罵った。オギを俗物だと決めつけ、眉をひそめることもあった。オギの手を振り払い、近寄るとすっと後ずさった。それがどれほどオギを惨めにするか妻は知らなかった。のちにJを抱いたとき、オギは内心それを妻のせいにした。

妻の想像どおりJと付き合い始めたが、関係は長続きしなかった。Jもまた、たちまちオギに失望した。オギが悪かった。謝り、取りすがってもみたが無駄だった。オギは傷ついた。変わらずJを愛した。Jの存在ゆえに耐えられることがあった。かたや、そんな気持ちになる自分に驚いた。この年になっても恋煩いをしていることが不思議だった。自分は若いのだという幻想に陥った。愛する人を失って傷ついたというのがその証拠だ。

オギは苦しく疲れ果てていたが、Jなくとも人生は続いていくのだということをすぐに受け入れた。愛を失っても世界は少しも揺らがない。Jとともにした部分が消えゆくにつれ、そこに空洞が生まれたにも関わらず。その空洞は何をもってしても埋められないだろう。だがそれとは無関係に、オギの世界はどうにか回り続けていくのだろう。

人間はそういった隙を持たないわけにはいかず、それこそが内面の真実かもしれないという話を、オギは授業や講演でよく用いた。バビロニアの地図を説明しながら。

人類最古の地図、バビロニアの世界地図はその真ん中に穴が空いている。学者たちによって、コンパスで地図に円を書いた際にできた穴だとわかった。石に刻まれた世界の幾何学的な形状より、その穴に魅了されて、オギは大英博物館のうす暗い展示室に長らく留まった。その狭く暗い穴は、今となっては手の届かない一時代の記憶のように深い。消え去った時代と対面するには、あの穴に触れなければ。だが決して届くことはないだろう。

妻はなぜJとオギの間を誤解したのだろう。なぜ実際に起きてもいないことを見たものと信じたのだろう。その頃妻も、人生にできてしまった大きな空洞を感じていたのではないか。必死で守ってきた人生が幻であることに気づいたのだろうか。その空洞を埋めようと、また、まやかしだという思いにとらわれたがために、ひとりで庭を耕し、書斎にこもって何かを書いては完成に至らず、だがそれでも空しく何かを書き続けていたのだろうか。

目的地まであと三十キロという頃、妻が沈黙を破って口火を切った。ずっと書いていたものが最近完成したのだという。妻がその類の話をするのは久しぶりだった。

「へえ。おめでとう。で、どういった内容?」

運転に注意しながらオギが訊いた。道路にはがたいのいい車が徐々に増えつつあった。

「ちょっと特別な話なの。ある人間に対する告発よ」

「前に書いてるって言ってた告発文のこと?」

オギがちらりと妻を振り向きながら訊く。

「人間がどんなふうに俗物になっていくのか、その観察記とも言えるわ」

妻が突拍子もなく笑い出す。オギは運転に集中した。妻のことばに腹を立てる理由はない。オギを怒らせるのが妻の目的ならば、オギの望みはひとえに旅先に着くことだった。

妻は小さな声で自分が書いたものについて話した。早々に俗物と化した男が、自分の成功のためにいかように偶然と術策を利用するか、彼の道徳の乱れがどれほど深刻なレベルであるかという内容だった。また、後輩と長い間不適切な関係にあったことは、彼の一風変わった倫理感を示すエピソードだと当てこすった。妻はそれを何カ所かに宛てて送るつもりだと言った。学科や学校本部、学会、同僚たちに。

オギは平静を保とうと努めた。身の縮む思いだったが、それによって妻の望むような最悪の結末を引き起こすことはないと思われた。オギがさほどショックを受けていないように見えたのか、妻はさらに続けた。Jに会ったのだと言われ、オギは驚いた。学校で顔を合わせることはあったが、Jからは何も聞いていない。何かを吐かせようとして妻がかまをかけている可能性もあった。

ひょっとすると、Jはいまだにオギを許せないか、妻と同様、オギを苦境に立たせたいのかもしれない。オギは嫌というほど謝ったつもりだったが、Jはそれをはねつけた。それはオギがある学生の好意を拒めなかったために起こった。一日かぎりの出来事。オギが生きてきた日々に比べれば、その一日はごくわずかな時間にすぎない。だがJに知れると、事態は変わった。オギにとって忘れられない一日になった。Jに問い詰められながら、オギは自分のしたことを心から悔いた。その子を慰めるつもりから起こった間違いだと弁解したが、Jは信じなかった。

もしJが妻に加担したのだとしたら、二人の共謀に裏の人物がいるかもしれないという根拠のない疑惑も頭をよぎった。もしやKが二人を煽ったのではないか。任用いかんがかかっていたとき、オギがKの弱みを利用してひと芝居打ったように。オギはKの過去の過ちを幾つかつかんでいた。それに説得力を持たせ、順序立ててMに話し、口の軽いSにそれとなくほのめかした。卑劣なやり方だったが、はなからでたらめな中傷というわけではなかった。自分のほうが有利だったにも関わらず、オギはそうした。自身の成功だけでは満たされないことが時にあった。周囲の人間の失敗がさらなる安堵を与えてくれることも。

すべては終わった出来事だったが、その過去のために、今となってはどうにもならないことのために、オギは責められ続けた。妻はあざ笑った。終わったことではないと。オギはそれには答えず、絶対に離婚しないと宣言した。妻を怒らせようとして。案の定妻は怒った。オギが「で、それが何の得になるっていうんだ？　どうやってひとりで食っていくつもりだ」と皮肉ると、運転中のオギに殴りかかった。車体が揺れるほど床を踏み鳴らした。ハンドルを握るオギの両腕をつかんで揺さぶった。

妻がそうしていなければ無事だったろうか。妻が書いたものを打ち明けなかったら、出発当初のように関係改善の余地をもってじっくり旅を楽しんでいたら、こらえきれずにJの話を持ち出したとしてもオギがひとまず素直に謝っていたら、妻の無能を愚弄していなかったら。

道路にのびる深い闇を見つめながらそんなことを仮定してみた。いずれの仮定も楽観的ではない。今この瞬間を無事にくぐり抜けても、遠からず似たような状況が幾度となくくり返される気がした。

オギは脱力し、内にある空洞がとりとめもなく大きくなっていくのを感じた。その穴の中へすうっと吸い込まれそうだった。前方を行く、視野を遮る大きな車が穴のように見える。息が苦しくなり、胸の圧迫感がひどくなる。めまいがし、力尽きたように意識が遠ざかっていく。オギの生への執着は烈しかったが、この瞬間の無力感もまたオギのものにほかならなかった。妻がハンドルを握るオギの腕をがばっと引っつかんだ。オギは驚き、妻の腕を力いっぱい振り払った。

車が前の車にぶつかり、ガードレールに突っ込んで下へ転がり落ちているのに気づくと、楽になった。すべてが終わった気がした。心が落ち着いた。神経をすり減らしながら生きてきた人生が多少悔やまれもしたが、このまま生き続けることの疲労感のほうがずっと大きかった。オギは自分の体が浮かぶのを、地上からふわりと遠ざかるのを待った。

そんな思いとは裏腹に、オギの体は下へ打ちつけられた。深い地中に埋められたかのように体が重い。オギは結局、その体を虚空に浮かべることに失敗した。

妻は成功した。オギがずしりと濃い闇に押しつぶされているとき、妻は煙のように軽やかになった。浮かび上がり、地上から遠ざかっていった。オギを見下ろしもしただろう。

自分を見下ろす妻の表情を想像するのはひどく難しい。妻がオギを引っつかんだのが、視野を遮る大きな車に突進するためだったのか、突進しようとするオギを止めようとしたものだったのかわからないからだ。妻が疾走するオギを助けようとしたのか、オギの疾走を助けようとしたのかわからないまま、オギは生き残り、妻は死んだ。

14

緑の葉が窓をびっしりと埋めている。義母が巻きつけた三、四本の蔓はほどなくして窓格子を覆い尽くした。視野は緑一色でふさがり、風で葉が揺れるとその隙間からわずかに庭がのぞいた。

よく見えなかったが、庭のほうからずっと何かの音が聞こえていた。その音で、義母がまだ庭をあきらめておらず、おそらく池をつくっているのだと推測できた。静寂の中に地面を踏み鳴らす音や金属性の道具がぶつかる音、何かが注がれる音が時折り響いた。

穴はどこまで大きく深くなっただろうか。

庭が見えないために、義母の居場所も当たりをつけにくくなった。義母は音も立てることなく家の中に入り、あちらの部屋からこちらの部屋へと往来していたかと思うと、だしぬけにオギの部屋のドアを開ける。そんなとき、オギは目をつぶって寝たふりをした。義母が離れたところからこちらをうかがい、ドアを閉めて出て行くと、ようやく大きく息をついた。

ときには夜更けにもそんなことがある。とつぜん暗い部屋に入ってきたかと思うと、ベッドのそばに立って目を閉じているオギをじっと見下ろしたあと、二つの骨壺の前に向かった。白い布で壺を磨くと、ぶつぶつつぶやきながらすっと手を合わせた。

義母の口から聞いたことはないが、オギにはそれが、妻と義母の母親の骨壺だと思われた。そうでなければ何だというのか。だが徐々に、違うかもしれないとも思い始めた。一つは妻のものだが、もう一つは空かもしれない。そう、オギのための。

オギが目をつぶっていようがいまいが、義母が前置きもなしに「あなたはどう思う？」と訊いてくることがある。こうなると、心の準備が先決だった。義母がオギに何か仕掛けてくることを意味していたからだ。おおむねオギには気が進まないことだったが、義母はオギの反応などお構いなしに自分の望みを果たした。

昨夜もそうだった。明かりも点けずに入ってきた義母は、目を閉じて寝たふりをするオギに近寄った。そして「あなたはどう思う？　髪が長すぎやしないかい」と言ったかと思うと、髪に鋏をあてた。オギの髪の毛をむんずと鷲づかみにすると、少しのためらいもなく切り落とした。暗がりの中、鋏がシャキシャキ音を立てるたびに、動けない体が縮こまるようだった。鋏の音が耳のすぐそばで聞こえると、オギは恐ろしさにぎゅっと目を閉じた。

切られた髪がついているのか、むしょうに顔がかゆい。オギはせっせと左手を動かし、かゆいところを掻いた。かゆみは徐々に広がり、棒のような脚を交互に掻かねばならなくなった。ヘルパーが置いていった孫の手を使った。そうするうちに、左の太ももが孫の手の尖りを感じ取っていることに気づいた。

オギは脚に力を入れてみた。動いているようだ。微細だが、筋肉が弛緩し収縮するのが感じられた。確かだった。

今度は左手で脚をつねってみた。背中と尻に床ずれができたときも、オギは痛みを感じられなかった。義母が顔をしかめながらドレッシング材を貼る段階にきてやっと、自分の体が傷《いた》みつつあることを知った。だが今は苦痛を感じる。微弱ではあるが、鋭い痛みが走った。ヘルパーの看病がなくとも、理学療法士の助けがなくとも、医師の診断と処方なしに死んだ木のように放置されていたオギの体が、少しずつ息を吹き返しつつあった。

義母が骨壺を磨きに入ってきたとき、オギはその事実を隠した。ベッドの上の左脚をおよそ十センチほど横に動かしたことを黙っていた。骨壺を磨き終えると、義母はぼうっと立ち尽くしてオギを見つめた。体のあちこちがかゆかったが、身じろぐまいと努めた。体がよくなっていることを義母に気づかれないように。

ひとりのときはベッドの上で、脚を左右にこまめに動かした。病院でリハビリ治療を受けていた頃の動作を憶えていた。まだ筋肉が自由にならないため、無理をして前のように血管が破れてしまわないよう注意した。脚を流線型に押し出すことはできても、持ち上げることはまだ不可能だった。だが時間の問題だ。徐々に右手の指を、自分の目にもはっきりと動かせるようになった。医師が見たなら、やはり「医学より意志」だとオギを励ましただろう。隠しているつもりだったが、義母はオギの表情から何かに感づいたようだ。

「いい夢でも見たのかい？」

義母が硬い声で訊いた。義母にこの喜びを打ち明けていいことなどあるはずがない。口をつぐんだ。

「そりゃそうだ、いいことなんてあるわけない。夢くらいいい夢見ないとね」

義母がからかうように言って部屋を出て行った。これは夢じゃない。義母にはわからないだろうが、オギは動きを感じていた。痛みを感じていた。かゆみを感じていた。生きていることが感じられた。その身をもって。

病院できちんとした治療を受ければ、回復は見違えるほど早くなるはずだ。だがどうやって病院に行けばいいのかわからない。義母に事実を打ち明けたほうがいいかとも思ったが、すぐに考え直した。義母は決してオギを助けようとしないだろう。医師に予後がよいと言われたときの義母の表情が頭に蘇る。オギの回復を知れば怖れるに違いない。

オギは翌日から絶食した。まともに食事を与えられなくなってもう久しいが、思い出したようにくれていた流動食さえ食べなかった。頑として口を開けないオギに義母は苛立った。オギは力なく首を振った。練習していれば左手でスプーンを持てただろうに、流動食を飲みこむ代わりにおかゆを食べることもできただろうに、義母はどこまでも流動食にこだわった。オギの回復を望まないからだった。義母は二度とオギを病院に連れていかないだろう。オギの体がすっかり駄目になったとき、尽くす手がなくなったときになってやっと病院に助けを求めるに違いない。

義母の視線を感じると、オギは静かに目を閉じて気力がないふうを装った。はじめはわざとそうしていたのだが、数日経つ頃には本当に病んでいた。義母は黙ってオギを見下ろしていることが多くなった。オギは汗をかき、苦しげに喘いだ。演じずとも自然にうめき声がこぼれた。

タスケテクダサイ、という義母のつぶやきを、自分でも気づかないうちに真似していることもあった。その声がオギ自身にもはっきりと聞き取れた。自分の口からそれとわかる発音が、はっきりした声が出たのはどれだけ久しぶりのことだろう。義母も驚いたはずだが、そうでないふりをしているのは明らかだった。オギはもう一度顔をしかめることで、自分の口から漏れた声をごまかした。

義母はオギを放置した。何もしなかった。オギが食べなければ食べ物も与えず、水も最低限だけ飲ませるようにした。まもなくオギの状態は危ういレベルに陥った。体にまとわりつく熱気と部屋を覆う湿度のせいで、胸が締めつけられるように息苦しい。息をするのもこたえた。

義母がオギの看病にやむをえず選んだのが理学療法士だった。彼がなにやら義母と騒ぎ立てながら部屋に入ってくるのを、オギは朦朧とした意識の中で見守った。

「ずいぶんお加減が悪そうですね」

オギを見るなり、理学療法士が言った。

「病院に連れていくほどかしら？」

義母の問いに、理学療法士が怪訝な口ぶりで聞き返した。

「病院に行ってないんですか？　当然ですよ。熱も高いし床ずれも相当ひどい。このままじゃ……」

理学療法士がオギを意識して言いよどんだ。

「ひとまず今日は私が看ますが、今はリハビリどころじゃありません。これほどなら病院に行かないと。大変なことになりますよ」

義母がやつれた顔で出て行った。オギはなんとか力を振り絞って理学療法士に言った。聞こえなかったのか、彼がオギのそばに近寄った。

(脚を動かせる)

彼にはオギのことばが聞き取れないようだ。オギの耳にははっきりと聞こえるのに。オギがもう一度力をこめて言うと、理学療法士はオギを見つめ、笑いながら言った。

「ええ、そうですね。お久しぶりです。嬉しいですか？ やっぱり私が通ってくるべきだったでしょう？ てっきり熱心に病院に通われてるものと思ってました。病院病院っておっしゃってたのに、結局病院にも行けずこんなに悪くなられてしまって」

オギがもう一度言った。今度はもう少し口を大きく開けてゆっくりと。

「あ、し。脚ですか？」

理学療法士が理解し、オギの脚を見た。オギは脚に力を入れた。横に少し動かした。理学療法士がいない間にひとりでやってのけたのだと見せてやりたかった。脚を持ち上げることはまだままならなかったが、ベッドの外へ伸ばすことはできた。

「脚から始めましょうか？」

オギは自分のことばが理解されないことにがっかりした。彼に紙を求め、時間をかけて、脚が動くのだと書いた。理学療法士が驚いた顔でオギを見た。そしてそのまましばらく脚を見守った。オギは彼のためにもう一度動かした。今度はちゃんと目にしたはずだ。

「何と申し上げたらいいか。あのですね、ご主人。気を落とされちゃいけませんよ。ご主人のように体の不自由な方にはよくあることなんです」

理学療法士が同情するようにオギを見た。オギのか細い脚を手でそっとさすりもした。

「不自由な部位が動くと感じることがあります。今のご主人のように。実際は少しも動いていないのに、です。それを麻痺拒否症と呼ぶ医者もいます。身体への拒否感が幻覚として現れるものです。決してがっかりすることはありません。幻覚には違いありませんが、それはご主人の意志の表れです。歩こう、動こうという意志です。ご主人のような方たちにはそこが大事なんですよ。そういった気持ちがなければ、はなからあきらめてしまいますから」

麻痺拒否症。オギはその奇妙な名前に驚愕した。オギは自分の体をよく知っている。長い時間をかけて形づくられたが、生まれたときからずっと一緒なのだ。体こそが、オギと生涯をともにしてきたもっとも親密なパートナーだ。精神や心といったものは違う。思い通りにならない。勝手に暴走することさえあった。

オギは体のささいな痛みやかゆみ、肌のはりやたるみといったものを敏感にキャッチした。

空腹や飽満感、喉の渇きにもすぐに気づいた。むろん、確信が持てないこともあった。痛む部位を正確に当てられないこともあったし、できものの存在にずっと後になって気づくこともあった。ヘルパーにぎゅっと押し付けられている間、オギの体は言うことを聞かなかったし、とんでもなく若い求愛者の前で昂ぶりもした。だが往々にして、彼の思いどおりに動いてきた。

「ご主人、私の言うとおりにしてみてください。左脚を動かしてみましょうか」

オギは言われたとおりにした。つらかったが、理学療法士に信じてもらいたかった。

理学療法士の表情からすると、楽観できなかった。彼はオギを少しも励まさなかった。

「今度は右脚を」

続いて、触られたのはどちらの脚か当ててみろと言う。オギは右だと答え、彼の表情から間違いだと知った。次は当たったようだが、不審げな様子は変わらない。

理学療法士はたっぷり間を取ってから、オギの脚が特別になったと言った。動かせるようになったからではなく、危ぶまれるほどに痩せていたからだ。患者の身体に不均衡が現れることは珍しくないが、オギの場合はその進行がひときわ速いという。彼は、オギの下半身が運動性を回復するのは難しい状態にあり、いかなる楽観もしがたいということを言って聞かせるのに、残る時間を費やした。

家を後にしながら、この問題について義母と長く話し合ったようだ。案にたがわず、理学療法士が門を出てまもなくすると、義母がオギの部屋に入ってきた。

「起き上がってごらんよ。歩いて一緒に庭に出てみないかい」

義母がオギに向かって手を差し出した。暗がりの中でも、義母がにたりと笑っているのが見えた。

15

義母はめったに外出しなかったが、いつまでもそうしていられないことはわかっている。その日がやってきたときすんなり身体を動かせるように、オギは左腕と、神経が回復したばかりの右腕の運動を欠かさなかった。

理学療法士は、オギが自分の身体を見誤っていると言った。義母もオギを鼻で笑った。だが右腕はよくなっていた。指を選んで動かすこともできるし、右腕で左腕をつねることもできる。自分の体が回復しつつあることをオギ本人よりよく知る者はいなかった。オギは自ら確かめてやると心に決めた。家を出ることができたら、誰でもいいから助けを借りて医師のもとへ行こう。

オギは外の物音に集中した。義母が門を閉めて出かける音が聞こえた。しばらく経っても、再び門が開く気配はない。オギは急いだ。左腕でベッドの端をつかんだ。渾身の力をこめて徐々に体を外側へ引き寄せた。体はびくともしない。丸太のように硬く重かった。もう一度脚に力をこめる。両腕の血管が浮き上がる。これまで左腕ばかり集中的に使っていたため、右腕との差は明らかだった。右腕を動かせるようにはなったものの、依然左腕に頼るしかなかった。

ひとしきり汗をかいて、やっとベッドの端にたどりついた。左腕でベッドの手すりをつかみ、もう一度力をふりしぼった末に、二本の脚を投げ下ろすことができた。ゴツ、という音がした。下半身に続いて、上半身がすべり落ちる。オギは頭をかばった。床に落ちるときも、下半身には痛みを感じなかった。脚は無用の長物にほかならなかった。オギは初めて理学療法士のことばを信じた。

左腕と右腕を使い、腹ばいになって少しずつ進んだ。固く閉じられたドアの前で最初の難関が立ちはだかった。両腕を伸ばしてみたが、無駄な試みだった。オギは這ってきた道を戻り、ベッドの下に落ちていた孫の手を持ってきた。左手を持ち上げて、横長の取っ手にそれを引っ掛ける。すべった。うまくいかない。体中汗だくだった。床は冷たいのに、この熱はなんだ。孫の手を幾度となく取っ手に引っ掛け続け、部屋がうす暗くなってからやっと、取っ手を引き下ろすことができた。

リビングはオギの部屋より暗かった。大きな窓のすべてに分厚いカーテンが下ろされているためだった。暗がりに目が慣れてくると、リビングがすっかり様変わりしていることに気づいた。誰も住んでいない家のようだった。ずっと昔に住人が立ち去ってしまったかのように。

妻が丹念に選び、届くまでにひと月かかった、デンマークのデザイナーのファブリックソファは見当たらない。代わりに、その場所を大きな皮のソファが占めていた。どうやら義母の家にあったもののようだ。それらはさておき、リビングの中央に家具がしっちゃかめっちゃかに集められている。整理のためというより、放り捨てるつもりで積み置いたかのように見境なく。オギの書斎にあったものもたくさん混じっている。夜更けにオギの机を照らしていたグリーンのレトロなスタンドライトが大きな箱に逆さまに突っこまれ、地図製作会社の監修をした際にもらった感謝盾も放り捨てられていた。

オギは再び這いつくばって進み、玄関の前まで来た。義母が戻るまでにあとどれぐらいの猶予があるのか、体力がいつまでもつのかわからないが、止まるわけにはいかない。玄関を開けるのは、部屋のドアを開けるよりたやすいはずだ。デジタルドアロックの下方にある緑のボタンを押せばいい。

孫の手を逆さまにして試してみても、ボタンはうまく押せなかった。玄関の片隅にある傘立てを倒して、長めの傘を取り出した。先のとがった部分をドアロックの下方にあてる。時折り手から力が抜け、傘が頭や肩に落ちてくることもあった。鉄製の玄関を傘の先っぽで虚しく叩き続けた。冷たいタイル床が熱を帯びてきたように感じられるころ、とうとう玄関の扉が開いた。

オギは冷たく新鮮な空気を思い切り吸い込んだ。家の中にたちこめるどんよりしたかび臭いにおいとは比べ物にならない。質感とにおいの違う空気を吸うだけで胸がいっぱいになった。

庭はだだっ広い空き地のように見えた。門脇の低い鉄柵の前に立ち並ぶ木々を除けば、育っているもの、葉を出しているもの、花を咲かせているもの、生けるものはひとつも見当たらない。随所に植えられていた低木は根元から抜かれ、一カ所に薪のように積まれていた。庭の至るところに小さく丸い闇が淀んでいる。すべて穴だ。新たに何かを植えるために掘ったのではなく、生きている植物を根こそぎ引っこ抜いてできた穴のようだった。

庭のど真ん中、オギが這いつくばっている場所から左へ緩やかに下がった方へ、真っ黒い大きな闇が淀んでいる。オギの部屋からはよく見えない方向だ。人々が口々に言っていた大きな穴とはこれらしい。

穴の周りを柔らかい土が囲んでいる。義母が広く深く地面を掘ってから、そこに防水シートを敷いて、雨露が溜まるようにしてあるのだろう。もう少し水が溜まったら、そこにケト土を用いて植物を植え、鯉を放すつもりだろう。おそらくはオギがいなくなれば、義母ととにこの家で生きる唯一のものになるはずだ。義母が常々言っていたように、生けるものを飼うことになるだろう。

だが考えてみれば、義母は生きものを愛でようとして鯉を飼うわけではないようだ。鯉が息絶えていく姿を見守るために育てようとしているのではないだろうか。いつかは池の鯉も死ぬことになるのだから。鯉は死ねば口をぱっくりと開けて水面にその身を浮かばせるだろうから。今のオギのように身動きできないまま。

妻と彼が造園屋で長時間話し合った末にやっと選んだグレーの敷石が、オギの体を容赦なく引っかいた。オギの体から、さっきまでとは異なる生臭いにおいがした。きっと血のにおいだろう。地面で強く擦られた左腕から血が流れ出た。それでも進み続けた。両腕のほかに痛みを感じる箇所はない。地面でこすれ、肌が擦り剝けても、いかなる痛みも感じない。重たく、硬直した体がかえってありがたかった。それがオギを耐えさせた。

オギは敷石の上で止まり、横たわったまま鉄製の門を見上げた。門は傘や孫の手では開きそうにない。門を開けるのに四苦八苦するより、背の低い鉄柵のそばに行って隣人の助けを得たほうがよさそうだ。幸いにも、近所の人たちは爽やかな風が吹く夜には散歩を楽しんだ。人通りがないわけではないから、オギが柵越しにぐっと手を突き出せば誰かが助けてくれるだろう。

のろりのろりと、庭を横切っていく。家の方へ黄色いヘッドライトの明かりが近づくと一旦止まり、明かりが通り過ぎるとまた腕に力を入れた。何度かヘッドライトが近づいてきては、監視灯のようにオギの体を撫でて行った。今度もそうなるのを待ったが、明かりは一カ所に留まったままじっと動かない。オギにできるのは、闇を頼りにできるだけ低く身を這わせることだけ。

鉄の門が柔らかな音を立てて開いた。ゆっくりと義母が入ってくる。一巻の終わりだと思ったが、チャンスはまだあった。義母はオギに気づかなかった。敷石を踏んで暗い家の中へ入っていく。庭が暗いせいもあったが、オギがそこにいるなどとは思いもしなかったようだ。

もう少し進まなければならない。再び二本の腕に力を入れる。敷石で擦り剝いた腕に土が触れ、耐えがたい痛みが走る。裂けた肉に小石が食い込んでいるのか、苦痛が襲った。なんとか家から抜け出したとしても、両腕を失うことになるかもしれないとも思った。それでも力いっぱい、二本の腕で地面を支えた。

義母がすぐさま庭に出てきた。オギの部屋のドアが開いていることに気づくのに、長くはかからなかっただろう。オギは玄関の前にすっくと立つ義母を見つめた。その足もとから、こちらに向かって幾筋もの長い影法師が伸びている。オギはじっと横たわっていた。闇に増幅された義母の影が敷石の上に落ちた。

オギの体を引きずり戻すほどの力は、義母にはなかった。庭に横たわるオギが外へ出るのを手伝う人がいないように、義母がオギを家の中へ連れ戻すのを手伝う人もいないということだ。家に戻るか、このまま鉄柵のそばまで這っていって助けを待つかを選べた。悩むまでもなく、オギは自分の方へゆっくりと歩み寄る義母にかまわず、前へ進む道を取った。

オギが考えつかなかったことが一つある。義母にはオギを連れ戻すほどの力はないが、オギの邪魔をするくらいの力はあった。

義母がオギの行く手をふさいだ。オギの腕がぎりぎり届かないくらいの場所に、太くがっしりとした二本の脚を下ろすことで。オギはその脚をつかもうと腕を宙に泳がせた挙句、柱のように立ちはだかる脚をよけて方向転換をしなければならなかった。それをくり返すうち、自分が義母の思惑通りの方向へ進んでいたことに、オギは遅ればせながら気づいた。

オギが止まったのは平らな地面ではなく、土が小高く盛られた場所だった。盛り土の向こうに大きな闇が淀んでいる。寒気がするような闇だ。オギは身を震わせた。丸く穴を囲む土の質感は、オギがここまで踏みしめてきた土のそれとは異なっている。表土ではなく心土だった。柔らかく粒子が細かい。ずっと前に耕運作業を手伝った折りに触ったことのある土だ。オギは穴を避けて身をひねったが、しっかと踏みおろされた義母の脚をよけることはできない。義母をよけようとするたび、柔らかい土の方へ近づいていくのだった。

義母が威嚇するように、えいと足を踏み出した。背中を踏まれるものと思ったオギは、大きく舵を切った。盛り土が崩れるとともに、オギの体が下へ傾いた。両腕に力を入れて踏ん張ったが、崩れ落ちる盛り土の上に手を這わせる格好になった。オギは完全にバランスを失い、空しく下へ転がり落ちていった。

痛い。痛みを感じた。体が動くという錯覚がもたらす痛みとは別物だ。回復の兆しなのか死ぬほどの苦痛なのか区別がつかない。穴に落ちていく最中にも喜びを感じた。こんな痛みでさえ久しぶりだった。両腕は言うまでもなく、腰ややせこけた二本の脚にも痛みが伝わってくる。妻とともに車ごと、崖の下へ転げ落ちながら感じた痛みに似ていた。

それゆえに、遠からず妻に会うことになるかもしれないと思った。圧倒的な痛みが過ぎ去れば、ついには体が浮かび始めるだろう。そうして宙に浮かび、無残に穴にひっくり返る自分を見下ろすことになるだろう。妻がそうやって自分を見下ろしたのが、わずか一年にもならない日の出来事だということに驚いた。その時間がとてつもなく長いものに感じられた。

　オギを見下ろしているのは妻ではなかった。義母だった。義母は腕組みをして突っ立ち、深い穴に転げ落ちたオギを見下ろしている。ずいぶん距離があった。義母の顔が妻のそれのように見えるのがその証拠だ。

　痛みは治まらず、体のそこかしこを触るたびにいっそうひどくなった。そうするうち、オギはいつのまにか、地面から伝わってきていた土と石の感触が一切感じられなくなったことに気づいた。体が強張り、呼吸がやや軽くなる。痛みが通り過ぎていく。少し経つと、痛みは完全になくなり、ふと安らぎが訪れた。

　地面に横たわって真っ暗な空を見上げていると、いつだったかこんな日があったような気がした。今のように穴の中ではなく、庭のテーブルに座って妻と話していた日。一緒に軽い夕食をとって近所を散歩した日、車の下から飛び出してくる猫に驚き、だがその場所を憶えておいて餌を手に戻ると、猫が現れてそれを食べるのを離れたところに座り込んで待っていた夕宵。いつの間にか姿を現した猫が餌を平らげて車の下に這い入るのを見届けてから、家に戻って延々と他愛のない話をしていた日。その後も眠くなるまで二人とも本を読んでいた夜。読んだ本について話して聞かせたり、それを聞きながら手入れの行き届いたベッドに横たわってうとうと眠りに落ちた日。暇をもてあましながらも何気ない出来事が碁盤の目のようにくり返されていた日。どんな人生にも決まって存在する完璧な安寧の日。今とははっきりと異なっていた日々の中の一日。

小説を読んでいた妻が、ふとぼんやりとした表情を浮かべた。オギはどんなときも妻の表情に気づいたし、その日も同じだった。

「眠い？　もう寝ようか」

「ううん」

「じゃあ何？」

「悲しくて……」

「うん？」

妻が今しがた本で読んだ内容をゆっくり話した。ある男が間一髪で死の危機を免れたという話。ある日目の前に工事中のビルから建築資材が落ち、その瞬間事故に遭うことはなかったが、かろうじて生き残ったがために初めて何かを考えるようになる男の話だった。

「それがどうして悲しいんだい。ラッキーじゃないか」

「その人消えちゃうの。銀行のお金も手付かずのまま、職場に辞職願も出さずに、誰かと会う約束を取り消すこともなく、ふっと消えちゃうの。家族や友人、同僚たちに何のヒントも残さずに、完璧に消えちゃうのよ。ある日突然。誰も捜せないように。奥さんは夫を捜してくれって探偵に頼むの。どこかで事故にでも遭ったんじゃないか、意識を失って家族の記憶をすっかり失くしちゃったんじゃないか、そう思って。でなきゃ夫が消えたことに納得できないから。そして、探偵はまもなくその男を捜し出す。無事に生きてたの。別の町で。名前を変えて、仕事を見つけて生きてた。新しい家族と一緒に」

「奥さんのことが嫌いだったのかな」

「それより、きっと何かを知っちゃったのよ」

「何を？」

妻が答える代わりに、彼をじっと見つめた。オギがすかさず重ねて訊いた。

「ほかの場所でも不自由なく暮らせるってことを？」

妻は今度も彼を見つめ返すだけだった。オギはもどかしくなって質問を変えた。

「それでどうなったの？」

「それで終わりよ」

「前の家族のもとに戻らずに？」

「手続きをして離婚したんですって」

「ひどいな。それで幸せだったのかな」

ふいに妻が泣き出した。はじめは少し涙ぐむ程度だったが、やがて声を上げて泣き始めた。なぜだろう。ある日幸運にも生き残った男のせいで、突然彼方へ行ってしまった男のせいで、そこでも別段変わらない暮らしを続けていたある男のせいで泣いたのだろうか。

泣く妻を見て、オギは笑った。どこが悲しいんだい。こんな話で泣くなんて。妻はこんなに感傷的だったろうか。理解はできなくとも、愛おしさのために慰めてやりたかった。僕たちは無事だと、何があってもひとりで彼方へ行くことはないと言った。いい加減な約束や生半可な理解などなくして、妻をゆっくりと悲しみから呼び戻してやればよかった、そう後になって思った。オギは未来の悲しみをすでに感じてしまったかのような妻を黙って抱きしめてやり、泣き声が徐々に静まり、途絶えていくのを見守った。

深く暗い穴に横たわっているからといって、オギが妻の悲しみを理解したわけではない。だが自分が妻を少しも慰めてやれなかったことはわかった。妻が泣き止んだのはひとえにそのときが来たからであって、もう悲しくないからではなかった。

オギは初めて泣いた。妻の悲しみのせいではない。ただそのときが来たからだ。

過去からのしっぺ返し

――生きるほどに失うもの――

二〇一八年七月、驚きのニュースが飛び込んできた。ピョン・ヘヨンの長編小説『ホール』がシャーリイ・ジャクスン賞を受賞したというのだ。韓国人としては初めての快挙である。本書の翻訳第一稿を終えたばかりのタイミングで、訳者として一瞬肩の荷がずしりと重くなった気がしたのも束の間、また一つ韓国の長編小説が世界に認められたことの嬉しさに、先ほどの身のほど知らずな重荷など吹っ飛んでしまった。

シャーリイ・ジャクスン賞はアメリカのミステリー作家シャーリイ・ジャクスンの功績を讃えて二〇〇七年に創設された。心理サスペンスやホラー、ダーク・ファンタジーの要素を備えた作品が対象候補となる。過去にはホラーの帝王と呼ばれるスティーヴン・キングも同賞を受賞。彼は、シャーリイ・ジャクスンの長編『丘の屋敷』（原題は『The Haunting of Hill House』。この作品は『たたり』『山荘綺談』のタイトルでも邦訳が出ている）を過去百年の怪奇小説において最高傑作と評価し、この作品に影響を受けて『シャイニング』を書き上げたという。日本人作家では小川洋子や鈴木光司も同賞を受賞している。

『ホール』は著者の四冊目の長編小説だ。二〇一四年、『作家世界』春号に掲載された短編「植物愛好」がその出発点となっている。この短編もまた『ホール』の英訳が刊行される直前にアメリカの文芸雑誌『ザ・ニューヨーカー』に掲載され、現地の読者から大きな注目を浴びた。

物語は、突然の交通事故と妻の死によって人生が一転してしまった大学教授オギとその義母（妻の母）を中心に展開する。（ここからはネタばれになるのでご注意を。）義母は最愛の娘を失った悲しみと喪失感の中で寝たきりのオギを看病することになるのだが、ここに至って初めて「すべてをさらけ出す家族らしい家族」となった二人の関係に、妻が残した「告発文」が危うい亀裂を生み出していく。

『ホール』を読み解くにあたって、本作についての著者インタビューを見てみよう。

「人生は秘密と亀裂と空白に満ちたものだと思います。『ホール』ではある男が事故に遭い、社会から取り残されることで、人が抱えている矛盾と人と人との関係における秘密や余白といったものと向き合うことになります」

「人間の自己矛盾からくるアイロニーに惹かれます。日常の中でそういったアイロニーに気づくと小説を書きたくなるんです。システムや組織という文化の中で感じる不条理、画一性の問題も興味深いですね。自動機械のような反復の中に置かれた人間についても」（『東亜日報』著者インタビューより）

著者の語る矛盾や不条理がはびこる世界。『ホール』でもオギの自己矛盾だらけの内面心理がつぶさに描かれ、曖昧模糊とした関係とそこから生まれる葛藤を緻密に追いながら、緊張感あふれるストーリーを展開する。オギは交通事故によって「人生が一瞬にしてひっくり返った」と考えるが、著者は事故が起こる前のオギの人生を一枚一枚剝ぎとりながら、そこにすでに存在していた人生の空洞を暴いていく。

「地図は世界を実際どおりに見せてくれるものではない」という暗示のとおり、人間もまたその略歴を見ただけではわからない。読者はオギの視点に立って現在と過去を行き来しながら、彼が築いてきた人生を冷静に観察していくうちに、彼の嘘や欺瞞に満ちた過去に触れ、やがてオギの転落は一瞬にして起こったのではないことに気づかされる。

この作品を読み解く最大のキーワードはもちろん、タイトルにもなっている「ホール」だ。作品内では「穴」や「空洞」といった形で登場する。著者は「ホール」について次のように語っている。

「『ホール（原題：홀）』は義母が庭に掘る大きな穴を指してもいるし、主人公オギがバビロニアの地図を見ながら考えたように人間の実存的空白でもあるし、オギと妻に代弁される人間関係の余白とも読めると思う。読者の中には孤独になったオギが『홀로（ホルロ、〝一人ぼっちで〟の意）』という点に着眼して『홀（ホル、〝一人〟）』という意味に解釈してくれた方もいる。そういった解釈も印象的だ」（『朝鮮日報』著者インタビューより）

「校長先生、私も孤児ですよ。校長先生だってそうです。いつかは皆そうなるってご存知のくせに、何をおっしゃるの」という義母の言及を通してもわかるように、ピョン・ヘヨンの作品には現代人の言い知れぬ孤独が潜んでいる。しかも当事者たちはそれを自覚した上で日々を生きているから、孤独の根はさらに深い。妻の不幸は「つねに誰かのようになりたがること」であるとオギは言う。同一視は弱い自己からの逃避であり、空洞と化した自己をもつ妻は、他者との関係ばかりか自己との関係においても孤独である。

同時に、ここに登場する孤独な人物たちはことばを失っている。妻はオギとの生活の中でことばを発さなくなり、オギは事故によって話せなくなり、義母は日本生まれで韓国語の発音がぎこちないことからことば数が減ったという。だがその中で、一見ことばを失っていたように見える妻だけは、あらゆることをメモに残すという形でことばをつむいでいく。皮肉にも彼女のことばが生かされるのは彼女の死後、義母の手によってであるが、「真実は前進する」という彼女の意志は、最終的にことばを通じて貫かれたということになるだろう。

もう一つのキーワードは「俗物」と「剰余」だろう。訳者が初めて読んだピョン・ヘヨンの短編「ウサギの墓」も、いつでも入れ替わり可能な「剰余」としての人間が、システム化した世界で生きる姿を描いたものだった。本作では主人公オギが事故によって「俗物」から「剰余」へ、さらには「あふれれば捨てるのが当然でしょ」という妻のことばどおり、ついには「穴」へと捨てられてしまう。

作品を読み進めるうち、気づいたことがある。「最後まで正確たりえない」のが地図だとオギは言及するのだが、実際はこの作品自体がオギという人間を描いた地図なのではないかと思い始めた。とすれば、本書はオギの真の姿をどこまで正しく映し出せているのだろうか。地図が正確になればなるほど、穴は暗く深くなるのだが。そこに、人間の実存的空白と世界の不条理に迫ろうとする著者の挑戦的な態度がうかがえる。
また、作中で妻は「すべてを失わせてやる」とオギを脅迫するのだが、オギは「オギ自らその結果を招いた」と考えるようになり、実はずっと前から「生を営んできたと同時に、失ってきたのかもしれない」と語る。このことばこそ、現代という時代を生きるしかない私たちに著者が送る、最大の憐れみであり問いかけではないかという気がするのだ。

人生に「隙」を持たない人間などいない。その隙は確かに私たちの内から生まれ、自分自身から目を離してしまえば、ふとしたきっかけで底知れぬ「穴」となる。その穴だけが安息と感じられる日が来ないことを祈るばかりだ。

なお、本書の原文ではかたわ（병신）という不適切な表現が使われているが、オギをとりまく人間関係とその心理をよりリアルに伝えるため、そのまま訳出したことをご了承いただきたい。

二〇一八年　初秋

カン・バンファ

■著者プロフィール

ピョン・ヘヨン(片惠英)

1972年ソウル生まれ。ソウル芸術大学文芸創作学科、漢陽大学国文科大学院卒。2000年『ソウル新聞』新春文芸で文壇デビュー。短編集に『アオイガーデン』『飼育場の方へ』『夜の求愛』『夜が過ぎていく』、長編小説に『灰と赤』『西の森に行った』『線の法則』などがある。韓国日報文学賞、李孝石文学賞、今日の若い芸術家賞、東仁文学賞、李箱文学賞、現代文学賞を受賞。2017年シャーリイ・ジャクスン賞長編部門受賞。現在、明知大学文芸創作学科教授。邦訳に『アオイガーデン』(クオン)。

■訳者プロフィール

カン・バンファ(姜芳華)

岡山県倉敷市生まれ。岡山商科大学法経学部法律学科、韓国梨華女子大学通訳翻訳大学院卒、高麗大学文芸創作科博士課程修了。梨華女子大学通訳翻訳大学院、漢陽女子大学日本語通翻訳科、韓国文学翻訳院翻訳アカデミー日本語科、ハンギョレ教育文化センター絵本翻訳講師。韓国文学翻訳院翻訳新人賞受賞。訳書にチョン・ユジョン『七年の夜』がある。

■参考書籍

『ドクターズ(原題:Patient Meines Lebens)』ベルンハルト・アルブレヒト著、ペ・ミョンジャ訳(ハンスメディア　2014)
「悲しい氷河時代2(『悪い少年が立っている』)」ホ・ヨン著(ミヌム社　2008)
『マルタの鷹』ダシール・ハメット著、コ・ジョンア訳(ヨルリンチェクドゥル　2007)
『世界地図が語る12の歴史物語』ジェリー・ブロトン著、イ・チャンシン訳(アールエッチコリア　2014)
『前進する真実』エミール・ゾラ著、パク・ミョンスク訳(ウネンナム　2014)

Woman's Best 8 韓国女性文学シリーズ 5

ホール 홀

2018 年 10 月 25 日　第 1 版第 1 刷発行

著　者　ピョン・ヘヨン
翻訳者　カン・バンファ
発行者　田島安江
発行所　株式会社 書肆侃侃房（しょしかんかんぼう）
〒 810-0041 福岡市中央区大名 2-8-18-501
TEL 092-735-2802　FAX 092-735-2792
http://www.kankanbou.com
info@kankanbou.com

編　集　田島安江／池田雪
DTP　黒木留実
印刷・製本　シナノ書籍印刷株式会社

ISBN978-4-86385-343-0 C0097

落丁・乱丁本は送料小社負担にてお取り替え致します。
本書の一部または全部の複写（コピー）・複製・転載および磁気などの
記録媒体への入力などは、著作権法上での例外を除き、禁じます。

Woman's Best 4　韓国女性文学シリーズ①

『アンニョン、エレナ』안녕, 엘레나

キム・インスク／著　和田景子／訳

四六判／並製／240ページ／定価：本体1600円＋税
ISBN978-4-86385-233-4

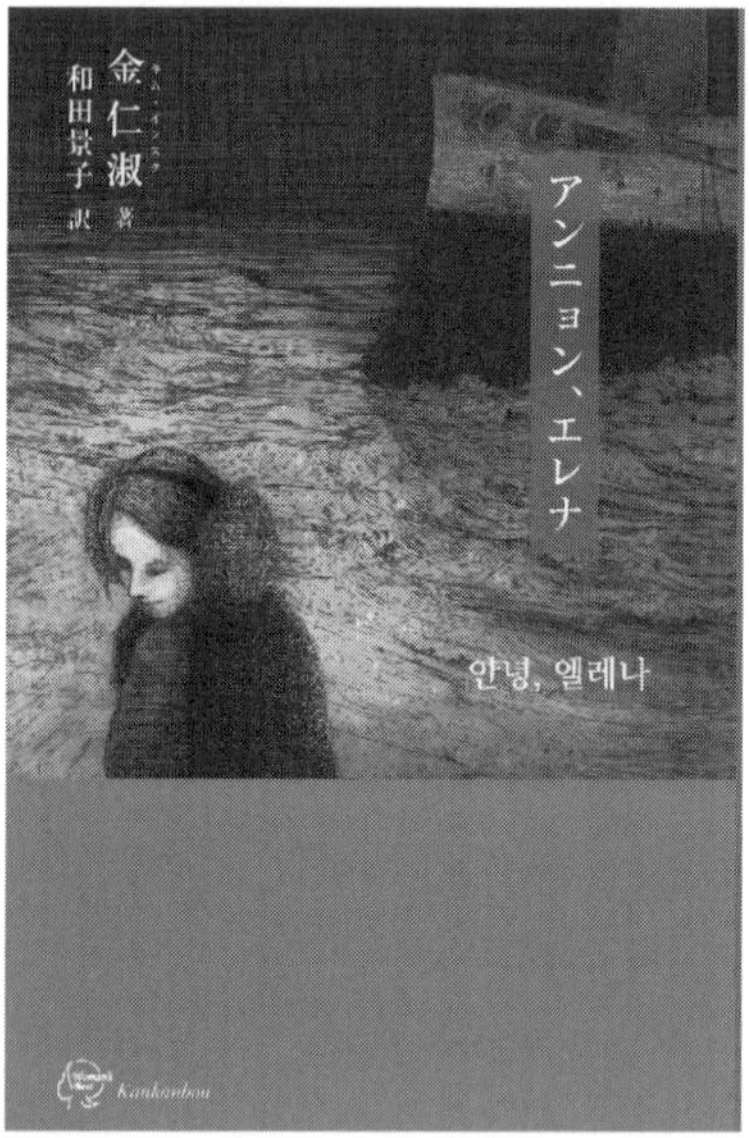

韓国で最も権威ある文学賞、李箱文学賞など数々の賞に輝くキム・インスクの日本初出版

遠洋漁船に乗っていた父から港、港にエレナという子どもがいると聞かされた主人公は、その子らの人生が気になり旅に出る友人に自分の姉妹を探してくれるように頼む「アンニョン、エレナ」。生涯自分の取り分を得ることができなかった双子の兄と、何も望むことなく誰の妻になることもなく一人で生きる妹。その間ですべての幸せを手にしたかに見えながらも揺れ動く心情を抱えて生きる女性の物語「ある晴れやかな日の午後に」のほか珠玉の短編、７作品。

書肆侃侃房のWoman's Bestとは、フィクション・ノンフィクション問わず、
世界の女性の生きかたについて書かれた書籍を翻訳出版していくシリーズです。

Woman's Best 5　韓国女性文学シリーズ②

『優しい嘘』 우아한 거짓말

キム・リョリョン／著　キム・ナヒョン／訳

四六判／並製／264ページ／定価：本体1600円＋税
ISBN978-4-86385-266-2

韓国で80万部のベストセラーとなり映画も大ヒットの
『ワンドゥギ』につづく映画化２作目

赤い毛糸玉に遺されたひそやかなメッセージ。
とつぜん命を絶った妹の死の真相を探るうちに優しかった妹
の心の闇に気づく姉。
苦く切ない少女へのレクイエム。

Woman's Best 6　韓国女性文学シリーズ③

『七年の夜』7년의밤

チョン・ユジョン／著　カン・バンファ／訳

四六判／並製／560ページ／定価：本体2200円＋税
ISBN978-4-86385-283-9

ぼくは自分の父親の死刑執行人である。
いま韓国でもっとも新作が待たれる作家チョン・ユジョン
待望の長編ミステリー

死刑囚の息子として社会から疎外されるソウォン。その息子を救うために父は自分の命をかける——人間の本質は「悪」なのか？

２年間を費やして執筆され、韓国では50万部を超える傑作ミステリー、ついに日本上陸。

「王になった男」のチュ・チャンミン監督に、リュ・スンリョンとチャン・ドンゴンのダブル主演で映画化された。

Woman's Best 7　韓国女性文学シリーズ④

『春の宵』안녕 주정뱅이

クォン・ヨソン／著　橋本智保／訳

四六判／並製／248ページ／定価：本体1800円＋税
ISBN978-4-86385-317-1

**それは春の宵のようにはかなくかなしい
苦悩や悲しみが癒されるわけでもないのに酒を飲まずに
いられない人々。切ないまでの愛と絶望を綴る七つの短編。**

生まれてまもない子どもを別れた夫の家族に奪われ、生きる希望を失った主人公が、しだいにアルコールに依存し、自らを破滅に追い込む「春の宵」。別れた恋人の姉と酒を飲みながら、彼のその後を知ることになる「カメラ」。アルコール依存症の新人作家と、視力を失いつつある元翻訳家が出会う「逆光」、十四年ぶりに高校時代の友人三人が再会し、酒を飲み、取り返しのつかない傷を負うことになる「一足のうわばき」など、韓国文学の今に迫る短編集。初邦訳。